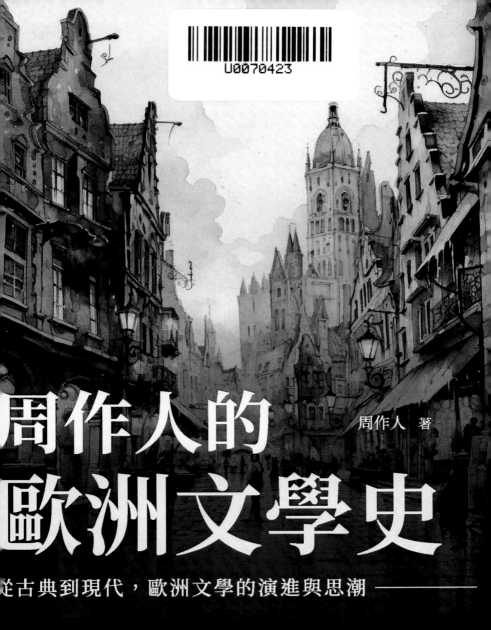

周作人的
歐洲文學史

周作人　著

從古典到現代，歐洲文學的演進與思潮 ——————

蓋以時代未遠，思想感情多為現代人所共通，其感發吾人，更為深切。故斷自十
九世紀寫實派起，下至現代新興諸家。唯文學流別，皆有本源。如川流出山，衍為
溪澗江湖，不一其狀，而一線相承，不能截而取之。」

古典時期的典雅持重、傳奇主義的浪漫風潮、寫實主義的現實感知……
從文藝復興發端於義大利開始，文學見證了時代思潮的演變！

目錄

目錄

第一章　緒論

一　緒論

歐洲文學，始於中世。千餘年來，代有變更，文化漸進，發達亦愈盛。今所論述，僅最近百年內事。蓋以時代未遠，思想感情多為現代人所共通，其感發吾人，更為深切。故斷自十九世紀寫實派起，下至現代新興諸家。唯文學流別，皆有本源。如川流出山，衍為溪澗江湖，不一其狀，而一線相承，不能截而取之。今言近代文學，亦先當略溯其源。通觀變遷之跡，遞為因果，自然赴之，足資吾人之借鑑者，良非鮮也。

文學發達，亦如生物進化之例，歷級而進，自然而成。其間以人地時三者，為之主因。本民族之特性，因境遇之感應，受時代精神之號召，有所表現，以成文學。歐洲各國，種族文字雖各各殊異，唯以政教關係，能保其聯絡。及科學昌明，交通便利，文化之邦，其思想益漸趨於同一。故今此近世文學，亦不分邦域而以時代趨勢綜論之。

法國 Auguste Comte 嘗分知識為三大時期。一曰神學時代，二曰哲學時代，三曰實驗時代。徵之歷史，古代以至中世宗教全盛時為第一期。宗教改革至十八世紀為第二期。十九世紀以後為第三期。文學亦然。上古之時，與宗教並萌，景教流行，與之俱化。至文藝復興時，又崇古學。人

逃其現今，而嚮往古代之美。及其弊也，止於模擬，而無生氣。於是尚古主義（Classicism）忽焉沒落。傳奇主義（Romanticism）偕法國革命而興。蔑棄古文之準繩，以個人感情為主，暢所欲言，不受拘束。逮進化之說發明，科學思想，瀰漫世界，文學趨勢，亦隨之而轉。乃棄空想而重實證，寫實主義（Realism）以生。描寫人生，專主客觀，號曰自然派（Naturalism）。其後又有新派發起，與之抗衡。此亦根於時代精神，自然而至。正猶現代繪畫之表現派（Expressionism），印象派（Impressionism）而起也。

　　文學以表現情緒為能事，與各藝術相同。其發達徑路，雖代有隆替，然必有向上之趨勢。其情緒多希望未來，而非回憶過去，表白自己，而非模擬他人。此數者，皆吾人讀近代歐洲文學史所得極大之教訓。而其思想之足以啟發吾人者，猶在其次也。

第二章　古代

一　異教詩歌

歐洲民族，其重要者，可分三族，一拉丁，二條頓，三斯拉夫，其下又有分支，頗為繁細。唯以宗教之力，為之維繫，故文化常能一致。歐洲中世文學，亦以教會為之根據，唯各民族之元始文學，乃又因此而多所湮沒，蓋儀式讚頌之歌，非依信仰保持，不能存在。景教代興，大神殂落，禮拜歌詞，自亦絕於人口，神話不傳，神思之淵泉亦涸，乃強以外來之色米族傳說代之，於民間思想，未能翕合無間也。至其本土神話之著作，存於今者已極少。略舉如下。

一，英國史詩 *Beowulf*，其文義曰蜂狼，謂熊也，為古瑞典英雄。詩紀其人為丹麥王，殺巨人 Grendel，後五十年又為民除火龍之害。凡三卷，四十二章。今所傳者，為七世紀寫本，唯已多後世基督教人修改，然其精神則固為古條頓人之信仰也。又有 Arthur 王故事，本為 Breton 之傳說，於後世文學甚有影響。

二，德國 *Hildebrandslied*，紀東峨特王 Theodoric 之勇士，從王與 Finn 族戰鬥事。八世紀時教徒所錄，已缺佚，僅存斷片。其名復見於 *Niebelungen Lied* 中，然其事則殊矣。

三，北歐 *Edda*，有新舊二種。伊思蘭人 Snorri Sturluson（1178 － 1241）集神話故事及詩法，為書曰 *Edda*，蓋出於

Odhr 一字，義曰詩。至一六四二年 Brynjolfur Sveinsson 發見一書，亦同此名，疑是十二世紀時人 Saemund Sigfusson 所編，遂名之曰「舊 Edda」，而以 Snorri 所編者為新書。《舊 Edda》凡三十三篇，三分之二為史詩，亦有數詩為後人所纂亂，然古代日耳曼之風俗思想，多賴以傳。

四，俄國自古有故事詩 Bylina，皆取材於古英雄。最有名者為《Igor 進兵之歌》（*Slovo o Polku Igoreve*），記一一八五年 Kiev 王 Igor 攻南方韃靼族，敗歸之事。時雖已歸景教，唯自然崇拜之跡，仍甚明顯。

此外各國民歌俗謠，雖採錄之事，近世始盛，然發源則甚早。與鄉村傳說，同其源流，歷代口傳，以至今世。其中含有神話分子者不少，是皆民間文學之留遺，而後世詩歌小說之發達，亦頗借助於此焉。

二　武士文學

中古歐洲，因基督教之力，信仰漸就統一，封建制度亦方盛行。以此二大勢力，互相調和，造成時代精神，即世所謂武士制度（Chivalry），終乃發而為十字軍。其信神忠君重武尚俠之氣，發揮無遺。當時文學，大受其影響而生變化。蓋武士生活，本多瑰奇之趣，而當時人心，亦久倦枯寂，喜

得此發洩之機會，以寫其情緒。此詩歌小說勃興之所由來。
而教徒文學，亦遂以此稍衰矣。

中世教會，佔有絕大之勢力。人民精神及身體兩方面之
生活，幾盡受其督率。教徒之事業，在求自度以度人，苦行
斷食，祈禱默念，為唯一之務。伏居陋舍，如處牢獄，與世
隔絕，唯望脫離惡世，得入天國。其視人生，多罪惡之陷
阱，處處有撒但之誘惑，引之入於魔道，故戒律至嚴。且對
於俗人，誘掖獎進，亦極熱心，著書說法，教以入聖之功，
又利用各體文章，如寓言譬喻，傳說戲曲，以宣傳教旨。故
教徒文學，盛極一時。而其影響於民間者，或足以培道德，
而不足以快神思，或足以資教訓，而不足以怡性情。人對於
此自然之要求，不能於宗教得滿足，乃別求感興於他方。於
是武士故事（Chanson de Geste）以興，上承史詩，下開小說
之端緒，而戀愛詩歌亦起，為社會及文學上一大案焉。

各國古代，皆有行吟詩人，或寄食王家，或遊行各地，
歌英雄事跡，以為生計。及景教流行，其業遂衰，跡亦幾中
絕。逮十字軍興，基督教之武士，遂一變而為史詩之主人，
復盛行於世。蓋事跡既甚適於小說，其制度又為當時政教之
結晶，故甚為當世愛重。詩多類似，大抵以戰鬥為主。其人
多獷野，然與殺伐時代之精神，實相一致。最著者有法之
Chanson de Roland（1150），德之 *Niebelungen Lied*（1200），

西班牙之 *El Cantar del mio Cid*（1150）。英之 *Brut*（1200），乃言 Breton 王之事，蓋英為北人征服，其先世功烈，鮮可稱述，亦不得已也。

戰爭之詩歌，終復漸就衰頹，轉為詠嘆戀愛冒險之事。其所取材，亦多在 Arthur 一派，於是 Celt 優美之思想，勢乃大張。詩中人物行事，不復粗野如前。且對於女子之意見，亦復一變。昔以女子為罪惡之源而憎惡之，為人類之弱者而保護之，亦無所謂純潔高上之愛者，今乃崇拜甚至，視為慈惠愛情之化身。昔以為夏娃者，今一轉而為聖母。人世愛情，乃至微妙不可測，神聖不可犯。此種思想，散佈於全歐，好武之氣，移於尚美。美之崇拜，乃入於神祕主義，而抒情之歌，終代敘事詩而興起焉。

抒情詩之作，法國為盛，然實承 Provence 之餘緒。當十二世紀中，為 Provence 文學最盛時代。詩人曰 Trouba-dour，大抵為貴族。有伶人曰 Jongleur，則受其詩，行吟各地，以傳揚其聲名。蓋其地氣候溫和，土地肥沃，民生樂康，情思豐富，故能有此，且其自由之思想，亦有以助成之。唯終以宗教衝突，有 Toulouse 之役，文化奄然俱盡。是時法之歌人（Trouvère）乃繼承而發揚之。德之 Minnesinger 亦群起於 Swabia。英自昔有 Scop 與 Gleoman，唯其遺蹟，僅留於 *Widsith* 與 *Deor* 之二斷片。至十三世末 Minstrel 復興，

而多模仿法國，以 *Alysoun* 為最佳。今所稱「北風」及「鵰鴟」兩章，則皆出於俗謠，非詩人之創作也。

　　此武士文學，起於十二世紀，盛於十三世紀，至十四世紀之初，始漸衰落。諸侯構兵，封建之勢頓破，教會亦失其勢力，人心無所歸附，乃成黑暗時代。然擾亂之中，亦即新機之所隱伏，煩悶至於極端，便得覺醒。於是文藝復興，與宗教改革，相繼而起，是皆自覺之發現之所致也。

三　義大利文藝復興之先驅

　　義大利文學，在中世殆無所表見。蓋其國襲羅馬之遺，封建制度，不克樹立，故武士詩歌，略無所聞。Provence 詩風雖盛行，顧皆模擬而少特色。其勢力所儲，乃別有在。古希臘羅馬之文化，涵養人心，造成時勢，遂開文藝復興之緒，而以三人為之前驅。Dante 作《神曲》，Boccaccio 作《十日談》，立詩文之極。Petrarca 為最後之 Troubadour，振興抒情之歌，又為提倡古文學之第一人，尤有功於世。

　　Dante Alighieri（1265 － 1321）為 Florence 世族，奔走國事，不得志而沒。著詩集 *Vita Nuova*，以寫其純潔之愛。作《神曲》（*Divina Commedia*）凡三卷，紀羅馬詩人 Vergilius 導之夢遊三界。先過地獄界，分九層。古之正人未受景教洗

禮者居其上。慕神之祝福而不可得，貪嗔愛慾，不能自克而犯罪者，歷居其次。至第六層以下，始以處外道及怙惡為非者。末層至隘，居極惡者三人，為 Judas，Brutus 及 Cassius，有魔監視，加以刑苦。地獄四畔，大海繞之。遠望有島，曰淨罪界。中分七層，視懺悔之力，次第上升。頂即樂土，舉首仰矚，乃見天國，上帝所居。二人將登，Beatrice 出，迎之入門。此其大略也。《神曲》自昔稱難解之書，箋釋不一。大意蓋謂人世欲求，緣生罪惡。懺悔贖罪，可得解脫。唯以愛力，乃能超絕一切，與神天合體。其著作殆始終為幼時清淨之愛所貫徹，而 Beatrice 者，即此淨愛之化身也。

Giovanni Boccaccio（1315 — 1375） 亦 Florence 人，幼從父業商，棄而學律，復不愜意，去而治希臘文學。與 Petrarca 友善。著詩歌小說數種，最有名者為《十日談》（*Decameron*），言一三四八年頃意國大疫，有士女十人，避地村落，互述故事，以消長日。人各一篇，凡十日，共一百篇。取材甚廣，而經其點染，無不美妙。敘述雖間或不莊，第亦時代風俗使然。至其清新快樂之精神，乃能於陰鬱之中古時代，開拓一新方面。厥功甚巨，不僅為義大利散文之開祖已也。

Francesco Petrarca（1304 — 1374）， 父 為 Florence 律

師，與 Dante 同以國事被放，流寓於法。Petrarca 遂自幼時承 Troubadour 之影響，學為詩歌，又治古代文學。父死無所依，入教會為長老，唯仍專心學問，作詩不輟。詩之源泉，與 Dante 同，出於戀愛。嘗識一武士之妻曰 Laura，思慕之意，一寄於詩。而 Laura 旋卒，人世之愛，轉為靈感，中心永慕，如對神明，Dante 之於 Beatrice，殆可彷彿。又極喜古學，蒐集拉丁古文，不遺餘力。身為景教之徒，而崇拜古教思想，嘗自言其處地在 Augustine 與 Vergilius 之間。蓋其馳神往古，欲使景教與古諸神得調和，意極深切，於文藝復興之運動，實大有力焉。

英國有 Geoffrey Chaucer（1340 － 1400）系出北人，以王事使法意諸國，遂仿其詩風，作詩數篇。晚年作 *Canterbury Tales*，雖仿《十日談》，而亦自具特色。詩言有巡禮者三十一人，集於旅次，共赴 Canterbury。途中各述故事，以慰寂寥。而所作只二十四篇。其序言（「Prologue」）一篇，寫旅人風采言動，頗極其妙。英自北人入國，言語紛歧，Wycliffe（1325 － 1385）譯《新約》，英語之力始張。至 Chaucer 而大定，立近世文學之柱石。而革新之機，則仍來自義大利，距 Chaucer 之死，已百年矣。

第三章　古典主義時代

（一）文藝復興時期

一　義大利

文藝復興發端於義大利，漸及法德英西諸國。顧其勢力在意最盛，前後歷十四五兩世紀，各國則略遲百年。其後雖就消沉，而精神深入於人心，造成偉大之文學，至十八世紀後半，始複變焉。

一四五三年，土耳其王摩訶末二世取君士但丁堡，東羅馬之學者，避地於意，挾古文書與俱，是為義大利文藝復興之始。德人 Gutenberg 始作活板（1435），英意荷蘭繼之，是為文藝復興勢力流布之始。唯此皆已著之事跡，至其發動之精神，則仍出於國民之自覺，實即對於當時政教之反動也。邦國爭長，各以縱橫機詐相尚。教會信仰漸失，而威福轉加。法之 Trouvère，德之 Volksdichter，英之 Langland，意之 Pulci 對於教徒之不德，久多譏刺之詞。且嚴厲之 Asceticism，壓制人心，久不可堪，而法王教正，復不能為超人間之卓行，為人民模範。則懷疑以生，舊日宗信，漸漸動搖。久蟄之生機，倏焉覺醒，求自表見。終乃於古學研究中得之，則遂競赴之，而莫可御矣。基督教欲滅體質以救靈魂，

導人與自然離絕，或與背馳。而古學研究則導人與自然合，使之愛人生，樂光明，崇美與力，不以體質為靈魂之仇敵，而為其代表。世乃復知人生之樂，競於古文明中，各求其新生命。此文藝之盛，所由來也。

　　十五世紀中，義大利治古學者極盛，志在調和古今之思想，以美之一義聯貫之。Platon 之學遂大行，真美之愛，同出一源，與中世 Troubadour 之所謳歌，頗有相似，世多好之，如 Petrarca，即先覺之一人也。Marsilio Ficino（1433 — 1499）則注其畢生精力於此。Cosimo de Medici 祖孫，提倡最力。Lorenzo Il Magnifico 於講學之餘，多所著作，仿希臘 Idyll 式作「Ambra」等詩數章，甚為世所稱。當時文士，多游其門，如 Pulci，Jacopo Sannazzaro 皆是也。

　　Luigi Pulci（1431 — 1487）為 Lorenzo 摯友，著 *Morgante Maggiore*，取材於傳說而文特詭異。對於教會，似疑似信，讚揚與嘲罵間出。論者紛紜，不能明其指歸。大抵當時人心趨向，頗與此相類，是詩足為象徵。又以詼諧美妙，頗得世譽，為後來諧詩之宗。Matteo Maria Boiardo（1434 — 1474）之 *Orlando Innamorato*，亦記 Orlando 事，而敷敘故事，別無新意。後 Lodovico Ariosto（1474 — 1533）作 *Orlando Furioso*，即汲其流，詠中世之騎士，而著想陳詞，不為時代所限。至引希臘神話，以為藻飾。書閱十年始成，在

今日視之，雖僅如古錦繡，止有色彩悅目，然其影響於當時文學者，則至非鮮。敘事之詩，於是復盛行。唯武士制度，既就衰廢，Pulci，Ariosto 等，又以詼詭之詞，潤色其詩，後之作者，多仿之為假英雄詩。Teofilo Folengo（1491 — 1544）作 *Orlandino*，則竟以武士為嘲笑之具矣。

Niccolo Machiavelli（1469 — 1527）著 *Il Principe*，立義大利散文之則，簡潔明晰，不假修飾。唯其提倡權謀，雖重私德，而公德則不論是非，但以利害為準，議者以為詭辨之詞，適足為暴主所利用。或又比之 Swift 之《諭僕文》，以為假反語以刺時政。然亦唯對於法王之治，稍有微詞，別無譏諷之跡可見。蓋 Machiavelli 之為此書，不過聊寄救國之忱，據當時情狀，固不能求同志於齊民，唯有期諸執政者也。稍後有 Benvenuto Cellini（1500 — 1572）自傳，多大言，而質白率真，不違人情。後世比之 Rousseau，亦文學之瑰寶也。

Ariosto 之後，有 Torquato Tasso（1544 — 1595），為詩人 Bernardo 子。初學法律，而性好文學，游 Alfonso 門下，作 *Aminta*，寫一誠信安樂之理想世界，與權詐奔競之現世相照。又仿 Ariosto 為史詩曰 *Gerusalemme Liberata*，紀第一次十字軍救耶路撒冷聖地事。當時宗教改革之反動，與文藝復興之餘波，結合而成此作。描寫人情，又極巧妙，世有出藍之稱。Tasso 作此詩，本至虔信，而察教會之意，似尚不愜，

因發狂易，自疑為外道，奔遁於道。後復返 Ferrara，又疑僚友嫉妒，力與鬥，遂被幽於寺，七年，乃得釋（1586）。狂疾偶已，輒復著作。又十年卒，而義大利十六世紀之文學，亦與之俱就結束矣。

二　法國

十六世紀法國文學，亦興於宮廷。Francis 一世有女弟曰 Marguerite（1492 — 1549），首仿義大利 Sannazaro 之 *Arcadia*，為 Pastoral。又仿 *Decameron* 作 *Heptameron*，多嘲弄教徒之不德，莊諧雜出，而終以教訓。廷臣 Clément Marot 致力於抒情詩，為七星派之先導。七星（Pléiade）者，Pierre de Ronsard，du Bellay 之徒七人，結社治古文學，以逐譯仿作為事。一五四九年，始宣言改良俗語，用之於詩。雖或仍事雕斲，有失自然，唯其主張，欲根據古學，利用俗語，以求國民文學之興起，則甚有益於後世也。

François Rabelais（1490 — 1552）初依教會，而性好學，乃去而學醫。一五三二年著 *Gargantua*，敘一巨人事跡。次年續作 *Pantagruel*，顛倒其名字，自署曰 Alcofribas Nasier。其詞詼諧荒誕，舉世悅之，唯荒唐之中，乃有至理存焉。Rabelais 以真善為美，對於當時虛偽惡濁之社會，抨擊甚

力，因故晦其詞以避禍。巨人 Pantagruel 生而苦渴，唯得
Bacbuc 聖廟之酒泉，飲之乃已。Panurge 欲取妻，不能決，
卜之於 La dieu Bouteille，而卜詞則曰飲。言人當飲智泉，
莫問未來。渴於人生，飲以知慧，此實 Rabelais 之精義。其
順應自然，享樂人生之意，亦隨在見之。書中文多蕪穢，則
固非盡由時代使然，蓋其蓬勃之生氣，發而不可遏，故至
是耳。Michel de Montaigne（1533 － 1592）隱居不仕，作論
文一卷。樂天思想，與 Rabelais 相似，而益益靜定。其格言
云，吾何所知，足以見其懷疑之精神矣。

三　西班牙

　　西班牙文學，至十六世紀而始盛，唯多模仿古代及義大
利之作，Montemayor 之 *Diana Enamorada*，其最佳者也。
Don Diego Hurtado de Mendoza（1503 － 1575）本為軍人，
後轉任外交，一五五三年著 *Lazarillo de Tormes*，其後 Mateo
Aleman 繼之，世稱 Picaresca，頗足見當時社會情狀。道德
頹廢，習於遊惰，教會詭辯盛行，以偽善隱惡為正，人人俱
欲不勞而獲，於是欺詐之風大張。Lazarillo 即為之代表，其
人洞悉世情，乘間抵隙，無往而不利。及 Quevedo 著書，則
意思深刻，文詞雅馴，而諷刺銳利，可與前之 Loukianos，

後之 Swift 相併，尤為不可及也。

　　Miguel de Cervantes Saavedra（1547 － 1616）作小說 *Don Quixote*，為世界名作之一。論者謂其書能使幼者笑，使壯者思，使老者哭，外滑稽而內嚴肅也。Cervantes 本名家子，二十四歲從軍與土耳其戰，負傷斷其左腕。自 Messina 航海歸，為海盜所獲，拘赴 Algiers，服役五年脫歸。貧無以自存，復為兵卒者三年。後遂致力於文學，作戲曲小說多種，聲名甚盛，而貧困如故，以至沒世。所著小說 *Galatea* 等，皆有名，而以 *Don Quixote* 為最。Don Quixote 本窮士，讀武士故事，慕遊俠之風，終遂迷惘，決意仿而行之。乃跨羸馬，披甲持盾，率從卒 Sancho，巡歷鄉村，報人間不平事。斬風磨之妖，救村女之厄，無往而不失敗。而 Don Quixote 不悟，以至於死，甚多滑稽之趣。是時武士小說大行於世，而紕繆不可究詰，至後由政府示禁始已。Cervantes 故以此書為刺，即示人以舊思想之難行於新時代也，唯其成果之大，乃出意外，凡一時之諷刺，至今或失其色澤，而人生永久之問題，亦並寄於此，故其書亦永久如新，不以時地變其價值。書中所記，以平庸實在之背景，演勇壯虛幻之行事，不啻示空想與實生活之牴觸，亦即人間而上精進之心，與現實俗世之衝突也。Don Quixote 後時而失敗，其行事可笑，然古之英雄，先時而失敗者，其精神固皆 Don Quixote

也，此所可深長思者也。

　　波陀牙言語，本西班牙方言之一支，至十六世紀初，詩人 Miranda 等出，其文學始獨立。至 Luis Camoens（1525 — 1580）著史詩 *Os Lusiadas*，論者稱之為當世之 Vergilius。少時以事見放，流寓印度，又以詩罪，竄澳門者數年。比返國，中道覆舟，僅以身免。一五六九年始得歸，以 *Lusiadas* 付刊，聲名頓起，唯仍貧甚，相傳有僕每夜求乞於道以救之。Lusus 者，波陀牙傳說之英雄，而民族之先祖也。詩敍 Vasco da Gama 初次遠航之事，志在發揚國光，以先代世說，古國神話，為之藻飾，而善能調和，成完美之史詩焉。

四　德國

　　德國受文藝復興之影響，學者輩出，唯其效果，則在宗教為多。馬丁路德雖非 Humanist，而乘思想自由之流，改革舊教，以抵於成。文學草創，多為宗教論難之資，非為觀美。譏刺之詩最盛，Desiderius Erasmus，Ulrich Von Hutten 等，多假此以發主教長老之覆，舊教徒亦反報之。唯嘲罵之言，往往出於弱敗，故激烈之作，亦出於加特力教。Thomas Murner 著 *Vom grossen Lutherischen Narren*，其言極厲，蓋以 Luther 為旁門，肆力抨擊，則有功於聖道。雖意見偏執，

然諷刺之才，不可及也。新派方乘時而興，不專恃文字以自障，故無巨製，比反動之起，論爭復烈。有 Johann Fischart（1550 — 1590）學律，為法官，匿名作詩，以攻舊教。又譯 Rabelais 之 *Pantagruel*，自加融鑄，名之曰 *Geschichtklitterung*。對於社會凡事，無不施以訕笑，而中含深意，無誇誕之嫌。又所作 *Das glückhafft Schiff von Zürich* 一卷，以純詩論，亦甚精煉，為十六世紀名作也。

Hans Sachs（1494 — 1576）者本縫人子，眇一目，出小學為靴工。又學為詩，後遂有名，世稱之曰 Meisterlieder。安居樂業，怡然自得，故其詩亦流麗恬靜，若與塵俗相隔，蓋足為當時市民心理之代表者也。其所致力，乃在戲曲，凡二百餘種。去宗教劇之枯淡與俗劇之粗鄙，而代以優雅之詞，於國民劇之發達，蓋至有力焉。

五　英國

英國十四世紀有 Wycliffe，開 Luther 之先，Chaucer 繼 Petrarca，Boccaccio 之緒。唯二人皆先時而生，後無紹述。直至百年而後，始有 John Colet 者，為 Oxford Reformers 之一，以提倡古學，改革宗教為務。而義大利之文學，亦由 Wyatt 與 Surrey 二人傳入英國。Thomas Wyatt（1503 —

1542）以王事使意，因得熟知古拉丁及義大利著作，始仿 Petrarca 寫短歌（Sonnet）。其徒 Henry Howard，Earl of Surrey（1517 － 1547）繼之，又譯 *Aeneid* 二卷，初用 Blank Verse，後世作詩曲多用之。二人生時不自梓其詩，至 Surrey 死後十年，有書賈 Richard Tottel 刊 *Miscellany of Songs and Sonnets*，二氏之作在焉。時頗風行，仿者甚眾。Sidney 之 *Astrophel and Stella*，與 Spenser 之 *Amoretti* 及 *Epithalamion*，皆稱名作。同時譯之業亦盛。如 Thomas North 之 Plutarchos《名人列傳》，George Chapman 之 Homeros 史詩，Thomas Phaer 之 Vergilius，皆其著者。Ariosto 與 Tasso，亦有譯本。其響影於新興文學之力，蓋莫大也。

　　Edmund Spenser（1552 － 1599）學 於 Cambridge， 與 Sidney 為友。初作 *Shepheardes Calender*，分十二月，各系以 Eclogue 一篇。或為寓言，或為怨歌，或頌女王，或嘲教徒，不一其體，而外形仿古代之 Pastoral。又作 *Faerie Queene*，今存六章，欲假譬喻以示人生之準則，書頗仿 Ariosto 及 Tasso，唯其人物，則非遊俠英雄，亦非十字軍武士，所言皆聖潔和平諸德，而冠以人名，終乃紛錯，不可甚解，唯其詩至美。Spenser 對於人生，雖懷 Puritan 之意見，唯亦受 Platon 思想與義大利文藝影響，故其思嚴肅而其文富美也。*Amoretti* 與 *Epithalamion*，皆其結婚時（1594）所作，為

豔歌之最。四年後之愛爾蘭之亂，室被兵燹，幼子死焉。移居英京，困頓而卒。

Philip Sidney（1554 — 1586）為女王 Elizabeth 朝之重臣，後戰歿於 Zutphen，初不以文學名。作豔詩及小說一卷，至歿後始有人為刊行之。其詠 Stella（Devereux）之歌，情意直摯，為世所稱。小說曰 *The Countesse of Pembroke's Arcadia*，亦 Pastoral 體。純仿希臘著作，紀述山林韻事，不如後人之影射時事也。書中事跡綜錯，論者謂分之可為二十說部資料。文辭亦多修飾，而甚為世人所喜。是時又有 John Lyly（1554 — 1606）作 *Euphues*（1579 — 1580）二卷，乃尤過之。多用雙聲對偶，譬喻典故，或曼衍成數十百言，或精煉為駢句。舉世靡然從之，模仿其言詞以為美，世稱 Euphuism 焉。Lyly 之書，本意亦在教訓，對於當時侈靡之風俗，攻難甚切，唯為文詞所掩，後之人無或措意於此矣。

Thomas More（1478 — 1535）亦 Oxford Reformers 之一，為 Henry VIII 所殺。以拉丁文作 *Utopia*，述其理想之國，與 Rabelais 之 Thelema，Bacon 之 New Atlantis，同出於 Platon 之 *Republic*。唯 More 致力於信仰，Bacon 致力於學問，Rabelais 則以人生為主，輔之以學問信仰，以底於完成之境，此其異也。Francis Bacon（1561 — 1621）又作論文五十八篇，世與法之 Montaigne 並稱，唯其文簡煉，而流暢則遜之。

　　英國戲曲之起源，與歐洲各國同，並由中古之宗教劇出。每當令節，教會宣揚聖書故事，以喻人民。徒言不能甚解，乃假為書中人物演之，曰 Liturgical Play，實由 Dromenon 而變為 Drama 之過渡也。所演者為《舊約》故事，自創世至末日裁判，或基督一生事跡，自降生以至復活，稱 Mystery。或演古德奇蹟，稱 Miracle。至十三世紀初，演劇之事，乃由教會移於工商行社（Guild）。每行各有 Patron Saint，率於每年祭日，演其畢生行業，以大車為臺，遊行市中，曰 Pageant。十五世時，譬喻盛行，於是轉入戲曲，飾善惡為腳色，以教道德，而 Morality 以生。又以枯索無味，則假 Vice 演為滑稽之言動，以助興趣，是為後世曲中 Fool 之起源。繼復張而申之，別成一節，曰 Interlude。後或分立，成喜劇焉。曲詞作者，初皆無主名。至十六世紀中，John Heywood 始作 Interlude 甚多，有 *The Four PP* 最有名。而當時所謂 University Wits 者，亦仿羅馬 Plautus，Seneca 諸人，著作漸盛。至 Shakespeare，乃集其大成焉。

　　英國之有劇場，始於一五七六年，James Burbage 建 The Theatre，至 Shakespeare 自創 The Globe，已至一五九九年。劇場大抵外作六角形，兩傍有廊，以居貴客，余皆露立。臺上覆瓦，縣氈為幕。刻木剪紙以為道具，揭櫫地名，以曉觀眾。Greece 劇中演 Venus 之入場，至縣倚引之上，已為

極妙，他可知矣。演劇以下午三時始，首有人致詞，為 Pro-logue。一折終，復有人出，古衣長鬢，致下場詞，為 Cho-rus。及全劇了，伶人盡出為女王跽禱。至王政復古時期，始有離合背景，亦始用女優，其先則皆以童子為之也。

William Shakespeare（1564 — 1616）幼孤寒，受學於文法學校。二十二歲時至英京，學為伶人。作 *Venus and Adonis*，詩名頓起，唯其盡力乃在戲曲。初但為劇場修改古曲，後乃自作，凡二十年，共三十五篇。中分 Comedy，His-tory，Tragedy 三類。其著作年代，亦可分為四，一曰習作時期（1590 — 1596），二曰歷史喜劇時期（1596 — 1601），三曰覺醒時期（1601 — 1608），四曰 Romance 時期（1608 — 1612），與其身世，亦有相關。其所取材，不出 Holinshed 之 *Chronicles*，Plutarchos 之《列傳》，義大利小說等，而一經點染，頓成妙作。又其思想深遠溥博，不為時地所限，故論者謂其戲曲，在希臘以後，為絕作也。

Shakespeare 作喜劇，大抵在首兩期中。末斯所作三曲，則別謂之 Romances。而悲劇中間亦常含有喜劇分子，故其喜劇之作風，復可區別為三。其一以荒唐紕繆之事，作滑稽之資，如 *The Comedy of Errors*，*A Midsummer Night's Dream* 等是。其二寫愛戀之事，中更憂患，卒得諧合，如 *Much Ado about Nothing*，*As You Like It* 等是。晚年三曲，則寫家人婦

子，散而復聚之事，蓋亦由境遇使然。其三則假詼諧以寄其微意，皆散見於悲劇中，如 *Macbeth* 之門子，*Hamlet* 之掘墓人是也。

　　Shakespeare 第一期中，嘗作悲劇二種，唯其極盛，則在第三時期。所作以（一）*Hamlet*，（二）*Othello*，（三）*King Lear*，（四）*Macbeth* 為尤最。Romeo 與 Juliet 之死別，雖因緣於人事，而亦實定運之不可逃。至 *Hamlet* 等作，則不涉 Fatalism，而以人性之弱點為主。蓋自然之賊人，恆不如人之自賊。縱有超軼之資，氣質性情，不無偏至，偶以外緣來會，造作惡因，展轉牽連，不能自主，而終歸於滅亡，為可悲也。猜疑猜妒，虛榮野心，皆人情所常有，但或伏而不發，偶值機緣，莫不決裂者。如僭王之於 Hamlet，Iago 之於 Othello，二女之於 Lear，巫之於 Macbeth，皆為先路之導，終乃達其歸宿，傾國破家，無可倖免，令觀者竦然有思。Aristoteles 所謂悲劇之二元素，哀憐恐怖，蓋兼有之。福善禍淫，世所快心，若其性情慾望，本亦猶人，乃以偶爾之遭，俱就隕落，易地以處，知亦莫能免焉，由是而哀矜之情生，彼我之間，無復差別，則彼已往之悲劇，焉知不復見於我。可懼又孰甚焉。Shakespeare 悲劇之力，蓋在此。

　　後世多疑 Shakespeare 戲曲，謂非所為，或云 Bacon 作，然無確證，不足信也。

（二）十七世紀

六　義大利

　　十七世紀為歐洲文學停頓之時，因宗教改革之反動，釀為擾亂。政教兩方，唯以壓製為事。其後漸得平和，而民氣衰落，文學遂亦不振。又以文藝復興之影響，一時著作頗盛，及能事既盡，猶欲刻意求工，終至忽其大者遠者，而反趨於末。最初有西班牙教正 Guevara，始創所謂 Estilo Alto，至 Góngora 等而大盛。英之 Lyly，立 Euphuism，意有 Marini，以警語（Concetti）作詩，於是所謂雅體（Culteranismo）之詩，風靡天下。作者唯以模擬為務，爭尚穎異，莫知所止。其詩貴多用奇句，形容譬喻，不甚切近，蓋意不在能動人而在警人，不在感發性情而在得讀者之駭嘆。於是詩之效用，幾盡失之矣。雖有一二先覺，力與抗衡，而時勢所趨，不能挽也。法國有 Boileau 出，力摧舊說，使復歸於真率純正之境，英亦興起從之，文學並稱極盛。其餘諸國，一時莫能及焉。

　　義大利在文藝復興期，文化為各國冠，及其衰也，亦甚於各國。十六世紀末，有文禁，政教之事，悉不得言，即論

自由稱古學者，亦在禁列。於是著作日希，難於流布，誦讀者亦益少。其後解禁，而民氣衰苶，直至法國革命之時，猶未能振起。當時雅體之詩，風行於世，Giambattista Marini（1569 － 1635）首倡之。所作 *Adone* 一詩，凡三萬四千行，敘希臘 Adonis 之神話。僅寫情景而無事跡，造辭典麗，取譬新異，極人工而乏天趣。論者比木偶人，只此輝煌之景，悅目一時而已。Marini 嘗游法王路易十三之廷，眾皆悅之，其詩遂大行於法，本土之模仿者尤眾。有 Chiabrera，Filicaya，Guidi 等，力矯其弊，而大勢所趨，終不能勝也。散文著作，較為發達，唯大抵關於哲學及科學者。

七　西班牙

西班牙之雅體，始於 Guevara，繼之以 Sotomayor，至 Luis de Góngora 而大盛，與 Marini 方駕。Góngora 初以簡明之詞作詩一卷，不為世人所好。乃轉而模仿雅體，又益誇大之，於是聲名頓起。Culteranismo 四方景附，唯其勢力，乃有所限。Vega 以當世大師，力攻 Góngora 派所為，嘗嘲之曰，余為此言，且不自解，又孰能解乎。Vega 之後，有 Calderón 振興西班牙戲曲，與英國比盛焉。

西班牙戲曲，亦猶英國然，發源於宗教戲，曰 Auto。又

分之曰神劇（Comedia Divina），曰聖徒劇（Comedia de San-
tos），盛行於十六世紀，民間甚好之。劇中主旨，大抵福善
禍淫之事，唯所謂善惡，則一以教會為準則。故神之慈惠，
獨厚於教徒，而所以罰離經叛道者，亦極其嚴酷，猶不如興
奸作慝者之可以信仰而得赦也。Auto 之後，轉為 Comedia，
兼悲喜兩種而有之。至 Lope de Vega（1562 － 1636）而集大
成。Vega 幼穎慧，通古文學，作小說 *Arcadia*，*Dorotea* 及
史詩等數種，而戲劇最有名。所作凡五百餘種，取材至廣，
或上溯宜祿帝時，說羅馬之大火，或述哥侖布涉險事，又
或寫現代社會。其觀察極精徹，又以客觀態度寫之，故可
謂寫實派，而 Pedro Calderón（1601 － 1681）則理想派也。
Calderón 本為軍人，晉爵為貴族，嘗任宮廷劇場監督。所作
劇曲，善能寫人間理欲之牴觸，思想富美，製作亦視 Vega
為備，故稱為西班牙戲曲之第一人。及其歿後，戲曲亦遂衰
落矣。

　　Picaresca 之小說，時尚盛行。Francisco Quevedo（1580 －
1645）之 *Don Pablo de Segovia* 為最著名之作。至 Vicente
Espinel 作 *Vida del Escudero Marcos*，多描寫社會情狀。不僅
以敘事為能，已開近代小說之先矣。

<h1 style="text-align:center">八　德國</h1>

十七世紀德國文學之零落，視義大利尤甚。宗教改革，延為三十年戰爭，民生衰耗，殆達其極。雖受文藝復興之影響，亦第有模擬而無興作，前後 Silesia 派之詩，實只因襲意法往事，而重演之而已。第一 Silesia 派，以 Martin Opitz（1597 － 1639）為之長，奉法之七星派，因撮要義著《詩法》一卷，以教其徒。拘守繩墨，不得自由，於是乃有反動，而 C. H. von Hofmannswaldau（1617 － 1679）出，是為第二 Silesia 派。所師法者，為意之 Marini。其徒 Caspar von Lohenstein（1635 － 1683）詩曲之外，復作武士小說，以新異之文詞，寫誇張之感情，虛誕之行事，舉世好之。蓋文藝復興，至此已見流弊，德以喪亂之餘，智力薄弱，故受其弊，亦尤甚也。

當時小說雖無足稱述，然亦有傑出於一時者，則 Grimmelshausen 之 *Simplicissimus*（1668）是也。H. J. Christoffel von Grimmelshausen（1621/22 － 1674）故武人，嘗與三十年戰爭之役。其為此書，本仿西班牙之 Picaresca，而不務造作，專以一己之所經歷，演為五卷。雖事多凶厲，文不雅馴，唯其實寫世情，與人生益益相近，以視虛華之小說，迥不侔矣。然其後無繼起者，迨十八世紀初，英國之 *Spectator* 與 *Robinson Crusoe* 流入德國，始復震動，風氣為之一變焉。

九 法國

　　法國文學情狀，故無異於各國，唯以國家強盛，文士得假承平之際，致力於文，故發達亦最盛。Marini 至法，一時詩人翕然從之，稱 Preciéux 派，顧其風不久衰歇。一六三五年敕建法國文藝院，以釐定國語為職志，Malherbe，Guez de Balzac 之徒，先後興起，各有所盡。至 Nicolas Boileau（1636 － 1711）主張真美一致，廓清舊敝，建設新派，一以清真雅正為歸，於是遂為 Classicism 之最盛世也。

　　法國戲曲，亦萌牙於宗教劇，文藝復興以後，模仿古代著作者亦彌多。分道而馳，不相調和。宗教劇行於民間，多失之野，古劇則學士所為，適於吟誦而不宜於演作，美於情文而乏氣勢。十六世紀中，Theodore de Bèze 取材於《舊約》，造作悲劇，欲調和其間，顧未能就。Pierre Corneille（1606 － 1684）始合二者之長，成完善之戲曲。*Le Cid* 寫情愛與孝思之衝突，*Les Horace* 寫國家感情之衝突，*Cinna* 寫慈仁與報復之衝突，至 *Polyeucte* 則轉而言基督教事，寫愛與信仰之衝突，凡家庭邦國政治宗教之問題悉具焉。雖其理想人物，迴出常類，性格無發展之地，而情文並茂，足以掩之。蓋自 Corneille 出，而法國戲曲始成純粹之藝術，足以怡悅性情，感發神思，不僅為民眾媮樂之具矣。

　　悲劇曲成於 Corneille，而喜劇則始成於 Jean Baptiste Molière（1622 － 1678）。其先模擬意西著作者，大抵以愛戀涉險為材。至 Molière 一反所為，求之於日常生活之中，自狂愚紕繆之事，以至家常瑣屑，無不得滑稽之資料，蓋為昔人所未嘗知者也。Molière 本商人子，初學法律哲學。二十一歲時，棄而為優於巴裡，業敗，負債下獄，以援得脫。乃去都，周行各地者十二年，多所閱歷，文思益進，遂仿作義大利喜劇，自演之。至一六五九年作 *Les Preciéuses Ridicules*，寫當時社會，於標榜風雅之習尚，加以嘲笑，此風因之漸衰。又於 *L'Ecole des Femmes* 示天性之發達，不能以人力防禦。及 *Tartuffe* 出，攻難者一時蜂起，而教會尤力，至於禁絕誦讀，嚇以破門。五年而後，始得公演焉。唯 Molière 之絕作，則為 *Le Misanthrope*。蓋在家庭社會間，多歷憂患，故心意亦益堅苦，於此劇一罄之。Alceste 以清俊之質，邂逅濁世，高情覃思，迥絕常流，獨愛 Célimène，而 Célimène 不能遺世而從之，於是覺悟之悲哀，遂為是劇之終局，蓋喜劇而具有悲劇之精神矣。

　　Jean Racine（1639 － 1699）者，Molière 之友，而 Corneille 之繼起者也。幼孤，育於大母，受學於教會。初學 Corneille 為悲劇，後乃自辟徑蹊，善寫人情之微。其最佳之劇，皆取材希臘，而別具精彩，可與古代名作並駕。*Andro-*

maque 及 *Phèdre* 是也。唯當時名流，或不滿意，倩人別作 *Phèdre* 之劇，同時上場。又出萬五千佛郎，募人分赴劇場，力抑揚之，Racine 遂敗。因忽發憤，自懺筆孽，隱居不出，嗣後著作遂鮮。

Jean de La Fontaine（1621 － 1695）所作有詩歌小說，然以寓言聞於世。二十六年中，凡著十二卷。仿希臘 Aisopos，而實絕異。古之作者，多假寓言以寄教訓。La Fontaine 則重在本事，教訓特其附屬，或且闕焉。蓋合小說（Conte）於寓言（Fable），而托之於純詩者也。故紀載描寫，更益精詳，與古之寓言以片言明意為上者異矣。且天性純樸，愛好天物，故狀寫物情，妙絕天下，稱為不可仿效之作。唯十九世紀時，丹麥有 Andersen，作童話，亦為絕技，或可相伯仲耳。

散文著作，則有 Duke de La Rochefoucauld 之《語錄》（*Maximes*）， 與 Jean de la Bruyère 之《 人 品 》（*Les Caractères*），而小說亦漸漸發達。Madame de la Fayette（1634 － 1696）著 *La Princesse de Cléves* 已脫離舊習，趨於簡潔，為 *Manon Lescaut* 之先驅。近代小說，當以此為首出也。

十　英國

　　英國十七世紀文學，實可析為前後兩期。上承伊裡查白時代之餘緒，下為奧古斯德時代（Augustan Age）之先驅。文化發達，極於侈麗，物極而反，Puritanism 遂漸勝。終乃顛覆王朝，立共和之治，唯峻厲之教旨，不能終厭人心。一六六〇年王政復古，而文藝潮流，亦大變易。法國 Boileau 之影響，被及英國，檢束情思，納諸軌則。至 Dryden 乃定古羅馬著作為文章軌範，嗣後 Classic 派勢極隆盛，以至法國革命時代。

　　Lyly 與 Sidney 之後，所謂 Conceit（Concetti）之風，盛行於詩歌。一變而為十七世紀之 Fantastic 派，John Donne（1573 － 1631）為之長。Caroline 之詩人，大抵蒙其影響，如 Herbert 及 Herrick 皆最顯者也。Herrick 善遺綺語，頗稱佳妙，其媮樂之精神，猶可見文藝復興小影，與當時清教思想，正可反比焉。

　　戲曲自 Shakespeare 而後，漸就衰微。雖 Ben Jonson 繼起，然不能及。Shakespeare 寫人生之深密，而 Jonson 止能寫一時世相。其後 Beaumont and Fletcher 合作戲曲，雖妍美足稱，而雅健不足。自余作者，益務迎合流俗，趨於放佚。清淨教徒對於劇場，力加攻擊，初禁禮拜日演劇，至革命

時，遂悉封閉之。

　　清教思想，蘊蓄已久，漸由宗教，推及政治，終有一六四二年之革命。文學中有 Milton 與 Bunyan 二人為代表。John Milton（1608 － 1674）出自清教家庭，受古學之教育。初作「The Ode on the Nativity」猶有 Fantastic 派余習，繼作「L'Allegro」及「Il Penseroso」二詩，乃歸雅正。「Lycidas」仿希臘 Theokritos 詩，悼其友之死，假牧人之詞，多攻教會失德。Puritan 之思想已明著矣。及革命告成，Milton 任為 Cromwell 記室，十餘年來，不復為詩。一六五二年以過勞目力，遂失明。六〇年秋 Charles 二世復位，幾不免。後遂隱居，復致力於詩，命其女筆之於書，乃成三大史詩。一曰 *Paradise Lost*，敘撒但之叛與人類之墮落。一曰 *Paradise Regained*，敘基督抗魔之誘惑，復立天國。一曰 *Samson Agonistes*，敘參孫髡頂矐目，為 Philistine 人之奴，終乃摧柱覆廟，自報其仇。皆取《舊約》故事，以偉美之詞，抒崇高之思，蓋合希伯來與希臘之精神而協和之者也。John Bunyan（1628 － 1688）者，行事著作，與 Milton 絕異。父補釜，Bunyan 世其業。生平所讀唯聖書，而宗教思想，深純獨絕。因從新派，遊行說教，被捕下獄十一年，及信教自由令出得釋。未幾令又廢，遂復被禁三年。獄中作《天路歷程》（*Pilgrim's Progress*），以譬喻（Allegory）體，記超凡入聖之程。

其文雄健簡潔，而神思美妙，故宣揚教義，深入民心，又實為近代小說之權輿。蓋體制雖與 *Faerie Queene* 同，而所敘虛幻之夢境，即寫真實之人間，於小說為益近。其自敘體之 *Grace Abounding*，亦有特色。至 Defoe 乃用之作 *Robinson Crusoe*，此體益以完成矣。

　　王政復古，政教復一變。Samuel Butler 仿 *Don Quixote* 作 *Hudibras*，以嘲清教徒，大為世人所好。昔日整肅之俗，轉為放逸。演劇復盛，而日趨於墮落。及黨派分立，利用文學，施於政爭，諷刺之作，因此大興。又以時代變遷，情思衰歇，人重常識，不復以感情用事。當時文人，被法國之影響，乃奉古代詩法為模範，重技術而輕感興，遂別開一新時代焉。John Dryden（1631 － 1700）實為之主。Dryden 系出清教家族，而始附王室，終歸舊教，蓋對於政治宗教，初無定見，但隨世俗轉移。其造作詩曲，亦多迎合時好，非由本意，故或稱其以著作為業。至晚年，亦自悔之。唯規定文體，以明決為上，甚有造於後世。英文學之 Augustan Age，實造端於此矣。

（三）十八世紀

十一　法國

　　十八世紀為理智主義最盛之時代。文藝復興，希臘之文明，流播歐土，人心久苦束縛，遂競赴之，本其自然之情意，力與禁慾主義抗，以立主情之文學。時學術亦主懷疑實驗，破煩瑣學派（Scholasticism）之障，成主智唯理之哲學。及思潮衰落，文學亦隨以不振。哲學則緣理智為重，乃不與之轉移，自 Bacon 創經驗說，Descartes 立唯理論以來，且益復發達，影響漸及於文學。於是向之誕放繁縟之詞，悉見廢黜。凡事一準理法，不得意為出入。是事始於十七世紀中，至十八世紀而極盛。論其趨勢，與文藝復興之運動，蓋相違忤，唯奉古代著作為師法，則差有相似者，故並稱尚古時代也。然其所尚，第在形式而非精神，又抑制情意，以就理法，亦有偏至。故及 Rousseau 出，倡復歸自然之說，而昔日文藝復興之精神，復現為 Romanticism 而代興也。

　　歐洲十八世紀之文學，以英法為極盛。二者之中，又以法之影響為最大。百年之內，由專製為共和，由羅馬舊教為信仰自由，由尚古主義為傳奇主義，凡此急轉，皆大有影響

於世界。而推其元始，並由當代思潮所動盪，文人學者，本其宗信，各假文字之力，宣揚於眾，以抵於成。此十八世紀法國文學之所以異於他國，亦所以異於前代者也。十七世紀之思想，雖亦力去故舊，傾向自由，然僅以個人為主，而是時則推及於人群。十七世紀之著作，其不朽者止因美妙，初不以宣傳宗旨為務，是時則多以文字傳其思想，不僅為貴人媮樂之具。凡此趨向，蓋已見於路易十四世時，La Bruyère 作《人品》，於社會敝俗，已多慨嘆之辭。至十八世紀，而致意於此者，乃益多矣。

François Fénelon（1651 — 1713）在路易十四朝，為皇孫師保，取材希臘史詩，作 Télémaque 一書以教之。以散文作詩，以小說談教育，甚有特色。於政治道德，尤多新義，已有立君所以利民之說，後遂以是罷免。宗教上之懷疑思想，則先見於 Bernard de Fontenelle（1657 — 1757）所著《神示史》（Histoire des Oracles）。以論辨希臘羅馬托宣之俗為名，而實於景教神異之說，加以掊擊。蓋所言雖限於古代異教，而迷信起原，本無二致，鑒古征今，可知正教之奇蹟，與外道之神言，相去固不一間也。及 Montesquieu 之《波斯尺牘》（Lettres Persanes）與 Voltaire 之《哲人尺牘》（Lettres Philosophiques）出，而此新思潮，遂益復完全表見矣。

Charles-Louis de Secondat，Baron de Montesquieu

（1689 － 1755）以《法意》（*De l'esprit des lois*）一書聞於世。《波斯尺牘》成於一七二一年，假為二波斯人記游法所見，貽其新友之書，於當時政教社會各事，加以評騭。微言妙語之中，實寄憂世之深情。Montesquieu 雖法家，亦長於文。是書托之波斯人作，則便於評議，又借東方風俗以為渲染。簡畢往來，遊人記所目睹，而故鄉消息，則舉波斯之事相告。宮闈之中，婦寺構煽，尤多隱祕，為談論之資，故其結構純為小說，而對於政教之意見，則精神仍與《法意》近也。Voltaire 本名 François-Marie Arouet（1694 － 1778），顛倒其姓以自號。以訕謗疑罪被放，後復被禁錮十一月。至一七二七年，又與豪家鬥，遁居英國三年。遂作《哲人尺牘》，詳述英國情狀，而於信仰自由，尤所神往，重真理愛人類之氣，露於行間。法國當局慮其惑人，遂禁傳佈，並命刑吏以一冊焚於市云。Voltaire 所作，初多詩曲，嘗仿史詩作 *La Henriade*，詠亨利四世事，甚行於世，至比之 Vergilius，然實非其特長。《尺牘》以後，著作甚多，雖種類殊別，而思想本柢，在破迷執而重自由則皆同。六十歲後，隱居村間，多作答問小品傳佈之，攻難宗教甚力。蓋天性既與宗教之神祕思想素相遠，而感覺又特明敏，多見當時冤獄，如 Calas，Sirven，La Barre 等案，事至凶酷，其因乃悉由教爭。故平生以摧毀汙惡為務，若其所謂汙惡（L'infame）者，則宗教也。唯 Voltaire 雖以宗教為文化進行之大敵，毀之不遺餘力，而於政法乃頗主保守。其論藝文，亦奉古代義法，與並世文人別無所異。

二子《尺牘》之出，為新思想代表，而當時絕少應和。及中葉以後，世事頓複變易，路易十五時政治日壞，弊已彰著，於是二人文字之功，亦漸成就。先覺之士，鹹奮然有改革之心。此諸「哲人」（Philosophes）懷抱之旨，得以二語總之，曰理性，曰人道。既不足於現社會之情狀，乃欲以智識真理之力，破除一切偏執迷信愚蒙繆妄，合人群知力，以求人類之幸福。又以政教之敝，實由義旨之差謬，故當專務治本，以文字為道具，覺迷啟智，先謀國民精神之革新。而其影響，則崇尚理性，毀棄舊典，主思想自由，開近世科學精神之先路。護持人道，於非刑曲法之事，力發其覆，又反對奴制，非難戰爭，亦皆率先大號。其精神頗有與文藝復興時相類者。唯其為學，不求一己之深造，而冀溥及於大群。欲世界文化，分被於人人，得以上遂，至於至善之境。故對於現在，雖多不滿，而於未來則抱昭明之希望，此實當時哲人共通之意見。而其事業，則見之於編纂《類苑》（*Encyclope-die*）一事。為之長者，即 Diderot 也。

Denis Diderot（1713 — 1784）初傭於書肆，以賣文自給。其所宗信，由自然神教（Deism）轉為無神論，復進於泛

神論。嘗作《盲人說》，假為英國學者之言，以申其意，坐禁錮三月。一七四五年，巴裡書賈謀譯英國 Chambers 類苑，屬 Diderot 主之。Diderot 允之，而不以轉譯為然，因招諸人，共理其事。教會忌而力阻之，共事者或稍稍引去。Diderot 不為動，朝夕撰集，終得成，前後已三十年矣。其書本類書，又多草創，故未能盡美，唯傳播思想，則為力適偉，啟蒙運動（Enlightenment）之成功，實在於此。Diderot 曾作戲曲論文。又仿英國 Richardson 等作小說。*Le Neveu de Rameau* 最善。當時未刊行，至十九世紀初 Goethe 自原稿譯之為德文，始見知於世。

Jean-Jacques Rousseau（1712 － 1778）行事思想皆絕奇，影響於後世者亦獨大。Rousseau 生而母死，父業造時表，使世其業，Rousseau 不願，遂逃亡。少行不檢，飄流無定止。一七四一年至巴裡，以音樂聞，又作劇曲得名，與 Diderot 等為友。偶讀報知 Dijon 學會縣賞徵文，論美術科學之進步與道德改善之關係，作文應之，得上賞。後又作文，論人類不平等之起原，並論其是否合於自然律，雖不得賞，而 Rousseau 之大事業，實已始於此。一七六一年後，*La Nouvelle Héloïse*，《民約論》（*Contrat Social*），*Émile* 相繼刊行，一時世論譁然，政府公焚 *Émile* 於市，欲捕治之，逃而免。Rousseau 性好爭，又多疑，與 Diderot 絕交，又與 Voltaire 以

文字互相詆諆。歷奔各地，皆不見容，益疑 Voltaire 害己。終應 Hume 之招，避居英國，始作《懺悔錄》（*Confessions*）。顧復疑 Hume 與謀將見陷，乃匿名返法國，至七八年七月暴卒。凡 Rousseau 思想，可以復歸自然一語，為之代表。意以為人性本善，若任天而行，自能至於具足之境，唯緣人治拘牽，爰生種種惡業，欲求改善，非毀棄文化，復歸於自然不可。其說與當世哲人之提倡文明，欲補苴為治者，迥不同矣。雖由今言之，或亦不無偏至，而其時發聾振瞶，為效至大。公道平等之義，由是復申於世。文藝思潮，亦起變革。其影響所及，蓋不止十八世紀之法國文學已也。

Rousseau 中年所作論文，於當時虛偽浮華之俗，抨擊甚力，主復歸自然之說。Voltaire 評之曰，汝使人將以四支並行矣。Rousseau 意謂人生而自由，各自平等，社會後起，因被束制，強分貧富貴賤，強弱主奴之級。所言生民元始情狀，與社會起源由於契約，不與史實相合，Rousseau 亦自知之。唯假以說明現狀由來，並指示未來之歸趣，則至為便捷。資財私有，實侵自然之權利，反抗權威，為個人之特權。人人相等，平民之尊，不亞於貴人學士，凡此諸義，皆得由是成立。及作《民約論》，乃由破壞而進於建設，示人以自由與政治得相調和，謂人生而自由，及其入世，乃隨處在縲絏中，故道在復返自然。然社會秩序，亦為神聖，則唯當

變革社會制度，使益近自然，斯已可矣。故應本民約原旨，以投票之法，取眾人公意，立為政府，庶幾自由可得，平等可至。蓋人人以公意為意，自得自由，在民意政府之前，又人人平等故也。此 Rousseau 之民生思想，影響於後世人心極大。Robespierre 亦私淑 Rousseau 之一人，至革命時而實行其說焉。

　　La Nouvelle Héloïse 者，以小說而言家庭之改良。書仿 Richardson，用尺牘體，言 Saint-Preux 愛 Julie，而女從父命歸 Wolmar，Saint-Preux 斷望出走。後復還，遇 Julie，歷諸誘惑，皆不失其守，未幾 Julie 以保育過勞卒。其書上卷，蓋以寫人間本性，發於自然。次卷則示其與社會之衝突，而終以節制，歸於和解。唯其本旨，乃在寫理想之家庭，簡單真摯，與世俗之虛偽者不同。Émile 者，Rousseau 言教育之小說，述 Émile 幼時之教育，一以自然為師法。生而不束襁褓，俾得自由。五歲就外傅，使親近生物，嬉戲日光顥氣中，凡虛偽造作諸事物，悉屏絕不使聞見。十二歲讀書，觀察實物，習為勞作，讀 Robinson Crusoe，學自助之道。十五知識初啟，教以悲憫慈仁之德，讀 Plutarchos 與古賢相接，讀 Thucydides 以知世事，讀 La Fontaine 以知人情。十八歲乃可教以信仰，進以美育，以成完人。Rousseau 教育學說，本出理想，非經實驗而得，然至理名言，至今弗改。自

Froebel 以後，兒童教育，大見變革，實 *Émile* 為之創也。

　　《懺悔錄》凡十二卷，為 Rousseau 自傳。自少至長，纖屑悉書，即恥辱惡行，亦所不諱。而顛倒時日，掩飾事跡，亦復恆有。Rousseau 性格，亦因此益顯其真。其為是書，意蓋欲自表白，謂天性皆善，第為社會所汙，雖能自拔以至於正，而終為世之所棄。同時 Saint-Simon 亦自作傳記，於一己感情，鮮有敘及，蓋當時之思潮使然。Rousseau 此書，則為寫精神生活，處處以本己為中心，導主觀文學之先路。且其愛自然重自由之意氣，亦浸潤而入於文學，為傳奇派之一特色。故言近世文學，於傳奇主義之興，不得不推 Rousseau 為首出也。

　　十七世紀以來，法國文體，歸於雅正，小說亦漸改觀。Abbé Prévost（1697 — 1763）初為牧師，後棄去，漫遊荷蘭英國各地。比歸，以著述自給。譯 Richardson 諸小說，又自作小說甚多，唯 *Manon Lescaut* 一種稱最。其書蓋承 La Fayette 之餘緒，而更進於美妙。Manon 既愛 Grieux，復眷現世之安榮，Grieux 知其不貞一，而不能不愛，數經離合，終乃追隨至美洲荒野，及見 Manon 之死，實一世之傑作也。當時 Le Sage 作 *Gil Blas*，仿西班牙之 Picaresca，而實寫世相，稱百折之喜劇，Marivaux 作 *Vie de Marianne*，分析女子性情，多極微妙，皆為長篇佳制。十七世紀中葉而後，哲學思想，

漸及小說，與感情主義溷合，於是面目又一變。Rousseau 之 *La Nouvelle Héloïse*，則具代表。寫人世之愛，發於本然，而歸於中正，讚揚物色之美偉，稱述理想之家庭，蓋以藝文抒情思，並以傳教義者也。繼其後者，為 Bernardin de Saint-Pierre（1737 － 1814），其 *Paul et Virginie* 一書，上承 Rousseau，下啟 Chateaubriand，為新舊時代之聯鎖。Saint-Pierre 幼讀 *Robinson Crusoe* 及耶教傳道紀行，即有志遠征，立 Utopia 於荒島，棄人治而任天行，期造一美善之社會，後以政府遣，往 Madagascar 為工師，歸而作游記，極贊自然之美。Rousseau 方隱居巴裡，甚相善，而 Saint-Pierre 亦病，幾發狂易，後漸癒，乃致力於學，作《自然研究》三卷，意見與 Rousseau 略同。謂自然慈惠而諧和，唯社會暴惡，實為之障。天地間事物，悉為人群樂利而設，瓜之大，以供家人之分享，而瓠尤大者，以備與鄰共之也。又以為欲求真理，當藉情感，不能以理性得之。當時人心已漸厭理智主義之寂莫，復生反動，Saint-Pierre 之意見，遂為世人盛賞。一七八八年，《自然研究》第四捲出，*Paul et Virginie* 即在其中。言二人相悅，見格於姑，終至死別。寫純摯之情，以熱帶物色為映帶，成優美之悲劇。作者旨趣，蓋以自然與情愛之美大，與文明社會及理智人物相反比，而明示其利害。思想本之 Rousseau，題材則取諸希臘 Longos 之 *Daphnin kai*

Khloen。唯薈萃成書，則為 Saint-Pierre 一己之作。書出，舉世嘆賞，那頗侖亦其一也。

十二　義大利，西班牙

　　義大利十八世紀情狀，較前世紀特見進步。蓋時方脫西班牙羈勒，政教稍稍寬和，民氣亦漸蘇，文藝學術，遂得興盛。又受法國影響，Gravina 之徒，於十七世紀末年，創立 Arcadia 學院，提倡詩法，偏重韻律，雖病枯索，而視 Marini 派之奇矯，已有進。中葉而後，獨立之詩人亦漸出。Giuseppe Parini 作諷刺詩 *Giorno*，分朝午夕夜四篇，述貴介子弟一日中行事，以刺遊惰，刻畫世情，頗稱工妙。Giovanni Meli 以 Sicily 方言為詩，多述自然之美，又善寫故鄉人情風俗。德國 Heyse 稱之曰，歌謠擬曲，皆出 Sicily，古今同然。蓋以古希臘之 Theokritos 與 Sophron，皆生其地也。

　　義大利戲曲，自 Machiavelli 以後，已漸發達，至十八世紀而極盛。古曲之劇，出於宗教，與歐洲各國同。Rappresentazione 者，專演聖蹟，與西班牙之 Auto 相類，其後轉而言史事，遂與儀式分離。唯緣羅馬文化影響，作者多模仿古劇，不能自成一家。及十八世紀，Vittorio Alfieri（1749 － 1803）始作完善之悲劇。Carlo Goldoni（1707 － 1793）仿

Molière 為喜劇，亦絕妙。然義大利國民戲曲，尚別有在，頗與此二劇並自外來者殊異，即俗劇（Commedia dell'Arte）與歌劇（Opera）是也。俗劇通稱假面劇（Mask），行於民間，蓋與希臘喜劇，同起於 Dionysos 之祭，酒滓塗面，轉而為面具。自羅馬古代以至中世，相傳不絕。至十六世紀乃益盛，Francesco Cerlone 演之為滑稽劇。唯進於文藝，則自 Carlo Gozzi（1720 － 1808）之 Fiabe 始，以神怪傳說為材，而隱諷當時，與希臘中期喜劇有相似者。及 Gozzi 輟作，此體亦絕，唯存民間舊有之曲矣。歌劇者，正稱 Melodramma，蓋合景色音樂歌詠三事而成。草創於 Apostolo Zeno，至 Pietro Metastasio（1698 － 1782）而大成。Metastasio 本姓 Trapassi，幼時謳歌道上，為 Gravina 所聞，收為義子，更其姓，希臘語義曰移居也。其詩才殊敏妙，又美聲音，故得大名。假面劇與歌劇，雖性質殊別，不能並論，然其為義大利特有之藝術，則固同爾。

十八世紀中，英法小說益極一時。義大利乃別無創作，即模仿亦罕。唯 Alessandro Verri 取材古代，作小說數種。及 Ugo Foscolo（1778 － 1827）出，已在革命之後。Foscolo 生於希臘，其先為 Venice 人，甚愛其故國，及共和政府亡，悲憤不能自已，又以愛戀失意，因為小說 *Jacopo Ortis*，言 Ortis 悼嘆身世，終於自殊，蓋用以自況。其次第在 Goethe

之 *Werther* 與 Chateaubriand 之 *René* 之間，雖美妙不能相及，亦一時名作也。

　　西班牙文學，此時亦頗受法國影響。十八世紀初，Montaigne 之文，Corneille 等之戲曲，多見移譯。Ignacio de Lúzan（1702 － 1754）學於義大利，作《詩法》一卷，以 Arcadia 派之說為本，而主義則與 Boileau 一致。Góngora 之詩風，遂因此衰落。唯 Lúzan 之論文藝，與教訓合而一之，謂詩與道學目的相同，古代史詩本為啟發君心之用，其說多不可通，唯除舊布新，為力頗偉耳。Jose de Hervas，Benito Feijóo 等皆從新派，致力於文，詩人亦漸興起，然別無名世之作，故不詳述。

十三　英國

　　英國十八世紀上半期文學，大體為門戶文學。Tory 與 Whig 二派爭長，各以文字相嘲罵，藝文之事，在位者假為政爭之具，在下者則依以謀食。一世才智之士，莫能脫其範圍，至於末流，則阿諛侮辱，莫不過量，因入惡道，Pope 作 *Dunciad* 之詩，一一加以誅伐，正未為過也。文學目的，既在黨爭，故譏刺之詩極盛。抒寫世相，揣摩人情，亦至深切。雖所言限於都市，研究人生亦膚淺無真諦，而體狀社

會，類極微妙，為未曾有。文章規範，自 Dryden 以後，益歸整一，簡潔曉暢，重在達意，若情思想像，悉所廢棄，其內容亦重人事而遠天然。以此因緣，十八世紀，乃文盛於詩。小說勃興，影響及於世界。詩則 Pope 而後，此派漸衰，終趨於變也。

Alexander Pope（1688 — 1744）繼 Dryden 之後，為文壇盟主，而不以文為業。譯 Homeros 史詩，得酬九萬金，遂隱居 Twickenham。人從而稱之曰 Twickenham 之壺蜂，言善刺也。嘗作 *Dunciad* 以刺當時文士。*Essay on Man* 則教訓之詩，雖鮮宏旨，而詞義精煉，多為後世稱引。其最大著作，為《劫發記》（*The Rape of the Lock*）一篇。以史詩體裁，詠瑣屑之事，甚見作者特色，且足為都會文學之代表。女王 Anne 時，英國文化，流於侈麗，士女酣嬉無度，此詩顛到重輕，善能即小見大，時代精神，蓋於此可彷彿見之。

英國 Essay 之作，始於 Bacon，其時法國 Montaigne 所作，則流麗輕妙，別具風致。王政復古後，Cotton 二次移譯，遂大流行，模仿者甚眾，一千七百九年 Steele 及 Addison 刊行 *Tatler*，始用之報章。十一年 *Spectator* 出，改為日刊，於社會萬事，俱加評騭，造辭雋妙，令人解頤。每金曜日多論文藝，土曜論宗教以為常。Addison 嘗言，吾自學校書庫中，取哲學出，而致諸公會茗肆之間。其傳佈思想於民

間者，為力至偉。二人著述，多不題名。謂有公會，集諸名流，以觀察所得相告。中有 Sir Roger de Coverley，為鄉邑士夫，記其言行，久之成卷，描寫性格，能得神似，於小說發達，頗有影響。二人亦著詩曲，唯不聞於後世，其所以不朽者，則唯在報章論文（Periodical Essays）而已。

十八世紀以前小說，大抵皆 Romance 而非 Novel。如 *Utopia* 及 *New Atlantis*，所言並為理想之鄉。*Arcadia* 之牧人，亦非人世所有。*Euphues* 以游記載其箴言，*Pilgrim's Progress* 則喻言也。Coverley 一卷，幾近於 Novel。唯本報章文字，偶然而成，故無脈絡以貫之。至 *Robinson Crusoe* 而近代小說始成立。Daniel Defoe（1659 － 1731）畢生從事政教之爭，嘗以文字之禍，荷校於市，又居獄者二年。獨編 Review，平論時政。至一七一九年，*Robinson* 初捲出，Defoe 年已六十矣。十五年前，有舟人 Alexander Selkirk，為同僚所棄，獨居 Juan Fernandez 島四年，後得返國。報紙爭傳其事。Defoe 曾親往詢之，及後遂成此書。想像之力，記敘之才，皆獨絕，舉世稱賞。是後復作小說七種，多記冒險事，寫實小說之風，於是始立。*Journal of the Plague Year* 記一七二二年大疫情狀，後世史家，至誤為事實而引據之。*Memoirs of a Cavalier* 則為最初之歷史小說，實開 Scott 之先路者也。

Jonathan Swift（1667 － 1746）作 *Gulliver's Travels*，與

Robinson 齊譽。其初亦致力政爭，嘗任主教，及落職窮居，乃發憤作《游記》四卷，以刺世人。侏儒巨人，浮島馬國，皆非人境，事亦荒唐無稽，而記載如實，乃與 *Robinson* 同。大意仿希臘 Loukianos 作之《信史》（*Alethous Historias*），而設想奇肆，寄意深刻蓋過之。Loukianos 所刺，猶有程限，Swift 則意在詛祝其所「深惡痛絕之禽獸」，即人類是也。馬國之人（Houyhnhnm），馬形而人性，具有至德。Gulliver 自視，則身入 Yahoo 之群，圓顱方趾，而穢惡凶厲，不可向邇。平生憤世嫉俗之意，於此一傾寫之。論者謂書頁間有火焰絲絲散射，善能形容其氣象者也。Swift 天性剛烈，有大志而不得申，因孤憤厭世，終以狂易卒。

Defoe 與 Swift 小說，多言涉險，故事跡雖非神怪，亦殊奇於尋常。至以家常瑣事為小說者，乃始於 Samuel Richardson（1689 － 1761）。又言感情而非敘事實，故變自述之體為尺牘。一七四一年，作 *Pamela*，又名 *Virtue Rewarded*，篇首署言為培養宗教道德而作。繼以 *Clarissa* 寫女子心情，皆至微妙。Henry Fielding（1707 － 1754）戲仿其意，為 *Joseph Andrews*，假言即 Pamela 之兄，以相嘲弄。顧初意雖為 Parody，漸乃自忘，成獨立之作。一七四九年 *Tom Jones* 出，結構精美，稱英國小說之模式。Fielding 書皆記敘，不用尺牘，又不以教訓為主，與 Richardson 異，專紀社會滑

稽情狀。Byron 稱其善言人情，名之為 Prose Homeros。次
有 Tobias Smollett（1721 － 1771），初仿 Picaresca 作 *Rodrick
Random*。其傑作 *Humphry Clinker*，則成於晚年。Smollett 業
為醫師，附海舶漫遊各地，多所閱歷。其為小說，則旨在披
示世情，使人哀其愚而疾其惡。是三子者，同為當世小說
名家，而影響於世者，微有差別。Richardson 以描寫性格見
長，Fielding 則善圖世相，後世小說，由此分為兩支。Smol-
lett 乃兩無所屬蓋，乘新興之流，合寫實小說與冒險故事，
別成一體者也。

　　Laurence Sterne（1713 － 1768）作 *Tristram Shandy*，與
Johnson 之 *Rasselas* 同年行世。是書及 *Sentimental Journey*，
皆為 Sterne 獨絕之作。唯體制略近 Addison，幾與小說殊途。
Samuel Johnson（1709 － 1784）繼 Pope 為文人領袖，編刊
Rambler。其作 *Rasselas*，七日而成，但以寄意，初無結構。
雖無與於小說之發達，然足見當時小說流行之盛況矣。John-
son 為文，厚重雅正，足為一世模範，且性情高潔，謝絕王
公之惠施，一改前此依附之習，立文士之氣節，此其功又在
於文字之外者也。

　　Oliver Goldsmith（1728 － 1774）者，Johnson 之友。其
行事至乖僻，而文才雋妙。所作小說 *Vicar of Wakefeld* 結構
頗散漫，設想布局，或有闕繆，而文情優美，時鮮其儔，

古今傳誦，蓋有以也。又仿《波斯尺牘》作 *Citizen of the World*，設為二支那人 Lien Chi Altangi 與 Fum Hoam 之言，評議英國風俗，凡百十餘篇。*Traveller* 及 *Deserted Village* 二詩，亦傑作，形式雖舊，而新精神伏焉。蓋都會文學，漸變而言鄉村生活，人事之詩，亦轉而詠天物之美矣。

自來詩人歌詠，不外自然與人生二事。前代文學，大抵以人為中樞，自然只用於點綴，未嘗專為題旨。一七二六年 James Thomson（1700 － 1748）作 *Seasons* 四卷，分詠四時之美，最為首出。二十年後有 William Collins 與 Thomas Gray 等，詠嘆自然，而寓以人生，Goldsmith 之詩亦屬之。且平等思想，漸益發達，對於人類，具有同情。齊民生活，遂漸代都市之繁華，為文章主旨。又於古代異域之文化，亦多興趣。一七六五年，Thomas Percy 編刊《古詩殘珍》（*Reliques of Ancient Poetry*），民謠始見著錄。六十二年 Macpherson 譯《Ossian 之歌》，雖真偽難辨，而傳播 Celtic 趣味，使人發懷古之情，為力至大。凡是諸流，終合於一，演成新派，以 Cowper，Crabbe 與 Burns 為之先驅。若 Blake 則以畫家詩人而為密宗（Mysticism），遺世獨立，自成一家，亦十八世紀之畸士，古今所未有也。

William Cowper（1731 － 1800）早年著作，猶守 Pope 矩矱，後乃變更，廢對句（Couplet）為無韻詩，又改譯

Homeros 史詩。所作 *Task* 一詩，始於一七八五年，凡六卷。言鄉居景物，凡節序變化，山林物色，田園生活，以至獸類之嬉戲，無不入詠，類於 Vergilius 之《田功詩》（*Georgics*）。而於微賤之人生，尤有同情，與 Crabbe 相同。George Crabbe（1754 — 1832）於一七八三年作 *Village*，寫民間罪惡疾苦，力反前此 Pastoral 之理想主義，歸於實寫。自言吾畫茅檐中事，一如真實，非若歌人所吟。Byron 稱之為自然最酷最真之畫家，世以為知言。Robert Burns（1759 — 1796）本蘇格蘭農家子，用方言作詩。一七八六年第一捲出，其歌詠貧賤生活，與 Crabbe 同，而愛憐物類，則似 Cowper。有《詠田鼠》（「To a Field Mouse」）一章，藹然仁者之言，與 Cowper 之愛及昆蟲，謂亦自有其生存之權利者蓋相若。唯 Burns 於此二者之外，乃更有進。其詩多言情愛，直抒胸臆，不加修飾，為近世所未有。又以愛其故國，於古代光榮，民間傳說，皆得感興。是皆傳奇派之特色，而於 Burns 先見其朕者也。

William Blake（1757 — 1827）工詩善畫，時得靈感，睹種種幻景，其《預言書》（*Prophetic Books*），則合是三者而一之。一七八九年作 *Songs of Innocence*，以真純之詩，抒寫童心，稱絕作焉。愛兒童，憐生物，述常事，皆為新思想代表。復憎政教之壓制，理智習俗之拘囿，亟求解脫，故致力

於伊裡查白時文學。其「To the Muses」一詩，乃嘆情思之衰微，冀復返於古昔自由之時代。故其詩上承文藝復興，而下啟傳奇主義。十九世紀初，Wordsworth 等出，力抑古典派文學，去人為而即天然。Blake 詩云，

Great things are done when men and mountains meet;
This is not done by jostling in the street.

時代精神蓋具於此二語矣。

十四　德國

十八世紀德國文學，發達至速，且稱極盛，可與英法比美。前世紀中，前後 Silesia 派，模擬意法，益流於濫。千七百三十年頃 Gottsched 起而振之。著《批判詩法》（*Kritischen Dichtkunst*），乃純依 Boileau 之說，其提倡戲劇，亦以法國著作為宗。唯英國文學思想，亦漸流布，當時文人如 Johann Jakob Bodmer 等，均蒙影響，相率而起，力斥理智主義，以情思為文學根本，勢日益盛。Friedrich Gottlieb Klopstock（1724 — 1803）作 *Der Messias*，雖在今視之，已為陳言，然脫離舊典，依個人情思發為文學，實由此始。普魯士時以 Frederick 之功烈，勃然興起，日耳曼民族亦自覺，發獨立自尊之念，於條頓文化，特致愛重，故思潮之來原，多在

英國，與法漸遠。Christoph Martin Wieland（1733 － 1813）則自幼受 Platon 哲學之化，中年著作，多以希臘為歸依，或取諸東方，以寄其尚美之教。所作小說 *Agathon* 及 *Musarion* 一詩皆是。*Musarion* 日，唯美可為愛之對象。偉大藝術，唯在能分之使與物離耳，即 Wieland 之主旨也。七十年後，有 Boie，Voss 等結林社（Der Hainbund），共論文藝，以 Wieland 崇尚外國思想，頗反對之。此派之詩，以 Klopstock 為宗，多愛鄉懷古之思。Johann Heinrich Voss 作田園詩，力主單純，寫鄉村生活。Gottfried August Bürger 則為民謠大家，其 *Lenore* 一篇影響之深廣，蓋不亞於 Goethe 之 *Werther* 也。Ossian 與 Percy Ballads，傳譯入德國。眾始知天籟之美，非人工所能及。其言質實，其情摯誠，多涉超自然之事物，富於神祕思想，皆足感發人心。與 Klopstock 派之個性主義相合，造成新流。是可謂之 Sturm und Drang 之一支，而見之於詩歌者也。

　　Sturm und Drang 之運動，始於 Herder，而先之以 Winckelmann 與 Lessing。二人所事雖不同，而以希臘為藝術模範則無所異。Johann Joachim Winckelmann（1717 － 1768）著《古代美術史》，盛稱希臘雕像之美。Laocoon 父子，為巨蛇所纏，而雕像殊鎮靖，乃不類 Vergilius 所言。Winckelmann 謂其表示 Noble Simplicity 與 Quiet Grandeur 之

精神，為希臘雕刻所同具。Gotthold Ephraim Lessing（1729 — 1781）作 *Laocoon* 一文辨之，以為繪畫雕刻，但表物體，詩表行事，不能相通。唯 Lessing 於藝事初未深造，故所論不能甚密。生平事業，乃在戲劇，其說見 *Hamburgische Dramaturgie* 中，推重希臘古劇，以 Sophocles 為典型。英國文藝復興時戲曲，去古未遠，亦可師法，不當以模擬法國十七世紀著作為事。按其主張，蓋為純粹之古典主義也。所作劇 *Miss Sara Sampson*，仿英國 Lillo 作，寫日常人生之事，自稱 Bürgerliches Trauerspiel。次為 *Emilia Galotti*，為完美之家庭悲劇。其傑作則為 *Nathan der Weise*，取材於 *Decameron*，以三指環立喻，說信仰自由，意謂諸宗之教，各具至理，別無短長，唯比量善果，乃有次第可見，而其時又須在千萬年後。其宏博之見，與當世哲人鄙棄宗教，因以放任為信仰自由者，迥不同矣。

Johann Gottfried Herder（1744 — 1803）蓋批評家而非文人，故別無創作。幼讀 Rousseau 書，又受博言學者 Hamann 教，以為研究人類歷史，當自元始狀態始。故其論詩，亦以古代或原人之作為主。其說曰，詩者人類之母語，古者治圃之起，先於田功，繪畫先於文字，故歌謠亦先於敘述。各國最古之作者，皆歌人也。且其詩歌，各具特色，不可模擬，蓋緣言為心聲，時代境地，既不相同，思想感情，

自各殊異。古歌雖美，非今人所能作，但當挹其精英，自抒情思，作今代之詩，斯為善耳。Ossian 詩出，Herder 著論稱賞，謂可比 Homeros。且曰，凡民族愈質野，則其歌亦愈自由，多生氣，出於自然。Homeros 與 Ossian 皆即興成就，故為佳妙。歌人作而詩轉衰，及人工起而天趣遂滅矣。Herder 本此意，為詩選六卷，曰「民聲」（*Stimmen der Völker in Liedern*），分極北希羅拉丁族北歐日耳曼諸篇，以示詩歌標準。所尊重者為自然之聲，感情銳敏，強烈而真摯者也。千七百七十年，Herder 就醫 Strasbourg，乃遇 Goethe。其後新潮郁起，Goethe 為之主，而其動機，即在此與 Herder 相識之時也。

　　Sturm und Drang 者，本 Maximilian Klinger 所造，以名其曲，人因取以號當時之思潮。其精神在反抗習俗，以自由天才精力自然四者相號召。重天才，故廢棄法則。崇自然，故反對一切人為之文化。於社會制度，多所攻難，或別據感情判斷，以定從違。以情感本能，為人性最高之元素，凡剛烈之士，與社會爭或世網者，為人生悲劇之英雄，皆所樂道。至於文體，則忌馴而尚健，盡所欲言，不受拘束。或以一言概之，謂即以本然（Urnatur）抗不自然（Unnatur）是也。Johann Wolfgang Goethe（1749 － 1832）少學律，初仿 Klop-stock 為詩，及與 Herder 相見，又受 Rousseau 之化，思想遂

一變。復識 Friederike Brion，多作抒情之歌，意簡而情真。終復訣去，心懷楚悲，於後此思想，影響至大。七十三年作歷史劇 *Götz von Berlichingen*，述十六世紀勇士 Gottfried mit der eisernen Hand 事，為當時代表著作。次年 *Die Leiden des Jungen Werther* 出，聲名遂遍歐洲。與 *Pamela* 及 *Nouvelle Héloïse* 同稱言情小說之祖，唯寫青年之哀愁，足以見時代精神者，則 Goethe 所獨具也。已而復愛 Lili Schönemann，然又重其自由，遂去故鄉，客 Weimar 侯之廷，一時著作中絕。居十年，忽去而之義大利，漫遊二載，思想漸變為純粹之古典主義，所作曲皆以希臘為式，無復往時不馴之氣，Sturm 運動亦漸衰。Friedrich Schiller（1759 — 1805）早歲受思潮影響，作《盜》（*Die Rauber*），《詐與愛》（*Kabale und Liebe*）諸劇，多反抗之音。後見希臘文藝而大悅，又從康德治美學，以美感為人生向上之機。遇 Goethe 於 Weimar，遂相友善，稱古典文學雙璧焉。Schiller 所作皆戲劇，以 *Wilhelm Tell* 及 *Die Jungfrau von Orleans* 為尤最。Goethe 著小說 *Wilhelm Meisters Lehrjahre* 前後二卷，初言劇場內情，終乃推及十八世紀社會。Wilhelm 遊行貴族平民間，從經歷中得處世之術，所謂如掃羅然，尋驢而得國也。又仿古代田園詩（Idyll）作 *Hermann und Dorothea*，止寫類型，不重個性，為古典派名著。*Faust* 二卷，則成於十九世紀初，蓋 Goethe 畢

生大著，詩才哲理，皆可於此見之。

　　Goethe 作 *Werther*，蓋受 *Héloïse* 影響。二者並用尺牘體，其言愛戀贊自然亦相似，又俱與著者身世相關，唯 Rousseau 雖緣 Mme.de Houdetot 之愛，轉以寫 Julie，而全書主旨，乃在述理想家庭，播布己見。Goethe 則初無寄託，僅直抒所懷愁緒，殆類自序，故深切頗過之。Goethe 既別 Friederike，復悅 Charlotte Buff，而女已字人，因設 Werther 自況，愛 Lotte 不見答，作書遺友朋，以寄其哀怨。唯 Goethe 終覆亡去，得自救免，而 Werther 乃斷望自殺。是時有少年 Jerusalem 死事與此正同，Goethe 蓋於 Werther 自述心曲，而假 Jerusalem 為結束也。凡青年期之悲哀，人所同歷，Werther 實為之代表，故其書雖故，而與人性常新。十八世紀末，思潮轉變，集為新流，Goethe 此書亦首出。其時人心動搖，鬱抑倦怠，不滿於現世，徬徨而不得安。Tacitus 所謂人生之倦（Tedium Vitae），十二世紀之沮喪（Athymie），十八世紀之時代病（Mal du Siècle）皆是也。Werther 之悲哀，亦即此時代精神之一面，而 Faust 之不滿，則又其一也。

　　Faust 第一捲成於千八百八年，又二十四年，次卷始出。Doktor Faust 者，德國中世傳說之英雄，以求無上智慧故，鬻其魂於妖鬼 Mephistopheles。其說流布民間，或演之為傀儡劇。Goethe 少時日記云，Faust 劇，時系吾心，吾亦

嘗求種種智，而知其虛空。又閱歷人事，益復不滿。蓋蓄意作此已久。初稿一卷，今通稱 *Urfaust* 以別之。其書言 Faust 百不滿意，因棄正道，別求神通於天魔，又愛 Gretchen，而終誘之以入於滅亡，蓋純為 Werther 時代之英雄。全書以 Gretchen 悲劇為主體，當時新派詩人 Heinrich LeopoldWagner 作《殺子之婦》（*Die Kindermorderin*），亦取此意，為家庭悲劇。唯其稿初未印行，越三十年，乃刊第一卷。雖以舊作為本，而加以增改，精神絕異。前此之 Faust，為激烈少年，後之 Faust 則深思力行之哲人。其與鬼約，非僅以求婾樂得神智，且實與之角。苟能使自厭足，止其上遂之志者，以魂魄歸之，猶約百之往事而反之者也。卷中亦言 Gretchen 事，唯先之以丹室之場，飲丹藥以駐顏，為初稿所無。又與 Mephistopheles 誓約之言，亦 Goethe 中年作，其意至第二卷始顯。Faust 以魔力事國君，化紙為泉貨，召 Helen 之影於泉下，以娛君心，大得寵任。其後分封海隅，乃盡力民事，精進不懈。比及百歲，遂付魂魄於天魔。雖終未滿志，亦不悔其虛生。臨絕時云，人唯日日為生命自由而鬥者，乃克享其生命與自由。天使歌云，凡奮鬥不息者，吾儕能救之。故魄歸天魔，而魂終不可得，此 *Faust* 一篇之樂天人生觀也。Goethe 早年著作，以個性主義為根柢，漸乃轉變，染十八世紀利他主義之思想，至晚年益深。以為人生目的，應求個

性之發展，唯當以利群為依歸，奮鬥向上，各盡其力而止。如 Faust 智識幸福，以至真美，皆不能厭足其心，唯置身世間，自為眾人中之一人，勉力進行，乃能於不滿足中，得人生究竟。此詩解釋紛紜，迄今未能悉詳，言其大意，或如當是而已。

十五　俄國

俄國在十八世紀前，舍民謠（Bylina）外，幾無所謂文學。其初為蒙古所侵，繼復苦於苛政，故民氣消索，無歡愉之音。又其宗教最足為文化阻梗，蓋俄國奉希臘宗，自稱正教，與歐洲諸邦不相系屬。政教當局，熱中衛道，欲以莫斯科為聖教中樞，自命為第二東羅馬。拒西歐旁門之教化，唯恐不嚴，收束民心，俾定於一。以舊本聖書為人天根本指要。有研求學問者，即是我慢。詩歌則多含異教思想，為罪惡種子，故雖民間謳歌，亦在禁列。其嚴厲之教，殆較歐洲中世尤甚焉。及文藝復興，各國悉被其澤，並自振起，俄國則略無影響。間有一二先覺，亦悉被教會誅夷。直至十八世紀，彼得一世改革國政，西歐文化始漸漸流入。又以古文不適於用，改作字母，除教儀外悉用之，由是文學稍興，至十九世紀乃極盛也。

十八世紀上半有 Lomonosov，由政府派遣學於德國，乃仿 Gottsched 派為詩。Sumarokov 則多作戲曲，稱俄國之 Racine。加德林二世初受法國思想感化，提倡學藝甚力，自作喜劇數種，並編月刊以論藝文。一時詩人輩出。Derzhavin 以淺近語寫優美之情景，為後世所重。Fonvizin（1745 － 1792）以日常生活作喜劇，俄國戲曲，至是乃完成，且多寫實之風，亦實開 Puschkin 之先路者也。Karamzin（1766 － 1826）為俄國第一史家，嘗仿《哲人尺牘》作書一卷，述歐洲自由思想。又作小說，雖頗染當時感情主義（Sentimentalism），而感化之力至大。其一曰 *Liza*，言農女愛一貴家子，終為所棄，赴池而死。一時人心大震，至有自莫斯科馳赴其地，求所言池，憑弔 Liza 者。俄國農奴制度，久致識者不滿，Radischtchev 仿 Sterne，作《莫斯科紀行》，力暴其惡，至以是得禍。Karamzin 所著書，亦多寓微旨。至十九世紀中 Turgenjev 之《獵人隨筆》出，而國人之同情，益因以感發，奴制乃終廢也。

十六　總說

以上所說為歐洲古典主義文學大綱。雖歷年五百，分國五六，然有共通之現象，一以貫之，即以古典為依歸是也。

至其精神，則似同而實異。當中古時，教會屬行出世之教，欲人民棄現世而從之，求得天國之福。然人性二元，不能偏重，窮則終歸於變。封建制度，與宗教狂信（Fanaticism），合為十字軍，而武士文學亦從此起。Troubadour 繼作，歌神聖之愛，不違正教，而發抒情思，已頗不安於枯寂。遊學之士（Clerici Vagi），身在教會，而所作《浪游之歌》（*Carmina Vagorum*），乃縱情詩酒，多側豔之辭，幾純為異教思想。及東羅馬亡，古學西行，於是適會其機，向者久伏思逞之人心，乃藉古代文化為表現之具，遂見文藝復興之盛。蓋希臘之現世思想，與當時人心，甚相契合，故爭赴之，若水就下。藝文著作，雖非模擬唯肖，而尚美主情之精神略同。迨至末流，情思衰歇，十七世紀時，遂有理智主義者起，以救其敝。雖亦取法古代文學，而所重在形式，此十七八世紀之趨勢，與文藝復興期之所以異，本源出於一，而流別乃實相抗矣。蓋希臘文化，以中和（Sophrosyne）稱，尚美而不違道德，主情而不失理智，重思索而不害實行。古典主義本此而復有異者，各見其一端故也。

文藝復興期，以古典文學為師，而重在情思，故可謂之第一理想主義時代。十七八世紀，偏主理性，則為第一古典主義時代。及反動起，十九世紀初，乃有理想主義之復興（Revival of Romanticism），不數十年，情思亦復衰歇。繼

起者曰寫實主義，重在客觀，以科學之法治藝文，尚理性而黜情思，是亦可謂之古典主義之復興也。唯是二者，互相推移，以成就十九世紀之文學。及於近世，乃協合而為一，即新理想主義（Neo-Romanticism）是也。

第四章　傳奇主義時代

一　緒論

英人 Strachey 言，法國革命如暴裂彈丸，十八世紀文人，合力製作，以至於成，及其猝發，投者亦與俱盡，舊制固悉顛覆，而「哲人」之精神，亦以消散矣。其時凡百更張，藝文標準，亦須改作。傳奇主義者，精神頗似文藝復興，所向慕者為中古文化，而自具清新之氣，於世界文學，新闢徑塗，其力實至偉也。法國革命前，Rousseau 首出創復歸自然之說，Saint-Pierre 繼之，而中更擾亂，復經帝政，文藝思想，亦見迫壓，乃稍稍停頓。傳奇派之發達，遂轉遲於德國。德以 Goethe 等之影響，Novalis 輩繼 Sturm 運動之後，別立新派，展布至速。英則自 Crabbe 等出，已開傳奇派先路，至 Wordsworth 乃成獨立宗派。Byron 與 Shelley 二人，凡自由不羈之氣，悉寄於詩，影響於世尤巨。義大利 Foscolo 之後，有 Manzoni 與 Leopardi。俄則有 Puschkin，又以移植 Byron 著作，文事於是大盛。十九世紀上半，蓋為傳奇主義盛極之時，歐土各國，悉有表見，以上所舉，其最著者也。

傳奇主義以拒古典主義之文學而起，一言以蔽之，則情思對於理性之反抗也。精神所在，略有數端。一曰主觀。古典派文學，專重形式，至屈個性以從之。今則反是，欲依個人之感性思想，立自由之藝術，以能達本己情意為先，形辭

句皆所不顧，所謂抒情詩派（Lyricism）也。二曰民主精神。法國革命，去貴族政治而為民主，其精神亦見於藝文。十八世紀都會之文學，一轉而言村市，詠嘆田家，頌美天物，其風始於 Rousseau 與 Crabbe 之時，至 Wordsworth 而大成。所著《抒情詩集》（*Lyrical Ballad*）序中，申言其意。蓋純樸生活，不為因襲所制，田家習俗，又發自根本之感情，未受禮文塗飾。故人性之顯見者較真，人生之意義與真相，因亦易於觀取也。三曰驚異之復生（Renaissance of Wonder）。傳奇派文學既以表現情思為主，故貴能攖人心，發其想像感情，得會通意趣，人間常事，不足以動聽聞，則轉而述異。凡幽玄美豔，或悲哀恐怖之事，皆為上選。神話傳說，於是復興，唯所取者非古代而在中世，如武俠之俗，虔敬之信，神聖之愛，空靈神祕之思，皆最適於當時之人心。英人 Pater 謂傳奇主義之精神，為好奇與尚美，中古景慕（Mediaevalism）之風，即二者之發現是也。超越現時，求瑰奇於古，遂復轉而搜之於異地。故其一面，即為異域趣味（Exoticism）。歐土而外，遠及東方，所取不厭其怪誕，唯患其不新異。Ruskin 論雕刻建築，說 Romantic 字誼，謂指未必有或不習見之美，正得其精意也。Classicism 之名，出於古典。Romanticism 則云傳奇。二者之異可見，唯根本差違，仍如上述，名義所示，但一事耳。

二　法國

　　法國革命後，喪亂弘多，文學無由發達。至帝政時，愈益衰落。那頗崙雖極賞 *Paul et Virginie*，以 *Werther* 自隨，而當時文網乃極密。甚至塗改 Racine，禁止 Molière，凡自由思想，皆在芟夷之列。並世文人，或緘默不言，以待時會，或則再拜頌皇帝功德以取容。Hugo 嘗言，當舉世匍伏那頗崙陛下時，唯有六詩人，立而不拜。益以 Hugo，蓋七人耳。前六人中 de Staël 夫人與 Chateaubriand 稱最勝。多所著作，於新文學之發展，甚有功績。然所以能至此者，半固由於才能，半則由於境遇。二人者，或家世富貴，頗有餘閒，或寄跡異地，不被禁束，故發表思想，得悉如其意。de Staël 夫人引德國思潮於法，續新舊世紀之墜緒。Chateaubriand 則反抗哲人之唯理主義，發揚個人情思，提倡中古文化，實為傳奇派之首出也。

　　de Staël 夫人本名 Germaine Necker（1766 － 1817），父為法國首相，歸於 de Staël-Holstein 男爵。讀 Rousseau 書，乃傾心自由之義。那頗崙忌之，放於國外。遂居 Weimar，與德國當世名人友善。一八一三年著《德國論》（*De l'Allemagne*），凡四卷，首論風俗，次文學，次哲學，次宗教。介紹德國思想，謂足供國人傚法。當時法人方熱中軍國

主義，妄自尊大，以為愛國，又方以德為仇讎，故書出即被政府禁止焚棄。唯英京所刊尚存，其影響於後日文壇者甚大。de Staël 夫人以為一國文學，與時代種族政治社會，皆有關係，自然而成，不可強效。擬古之詩，行不能遠，以其古典精神，與國民生活，已無系屬。古代文學之在今世，蓋為客籍之藝術，能相會通而不能和合。唯傳奇主義，源出騎士文學，實本國之土著，自國民宗教制度而生，故為可重。其舉德國著作，為文學模範，即本此意也。

François René de Chateaubriand（1768 — 1848）亦六詩人之一，唯其不從那頗侖者，緣王黨也。遁於英者數年。千八百五年作《基督教神髓》（*Génie du christianism*），稱一生傑作。十八世紀哲人，斥宗教為迷信，能為文化之障。文學美術、則求感興於古代，以希臘羅馬為依歸。Chateaubriand 一反之，力為基督教辯解。首卷論玄義，次二卷論宗教藝術之關係，以為一切教中，唯基督教最富詩趣，近人情，教義祭禮，均極壯美，足為藝術源泉，中古騎士文學，實國民宗教精華，勝於古代異教之思想。其言雖未為定論，然引起宗教感情，別闢文學之途徑，則此書之力甚多也。又自作小說，載之書中，以為實例。其一云 *Atala*，敘荒原中二野人愛戀之事，可與 Saint-Pierre 比美。其二曰 *René*，則自抒所懷，彷彿 *Werther*，唯其無端之哀怨，尤愴楚而不可救。

René 迫於人間之本性，欲得不自知之幸福，遍歷諸境，悉不自滿，終至美洲，別求新生，而此心訖不得安，後乃死於內亂。綜 Chateaubriand 著作，要旨有三。一為基督教，二為自然之美，三為個人。其源發於 Rousseau，唯景慕中世，則所獨有。合是三者，而傳奇主義之思想，於是具足矣。

René 一篇，寫著者本己之感情，又實即「時代病」情狀，故復別有價值。Étienne Pivert de Senancour（1770 － 1846）之 *Oberman* 亦與此同，是書以尺牘體為小說，頗類自傳。別無結構，但直白心曲，憂來無端，莫知其故，希求慕戀，而別無準的，所謂幻滅之悲哀是也。Benjamin Constant（1767 － 1830）與 de Staël 夫人之愛，見於小說 *Adolphe* 者，亦此悲哀之一端。Adolphe 與 Ellenore 相愛悅，然終徬徨不能安，離合兩無所可，互以為苦，而復藉以為慰。de Staël 夫人之 *Delphine*，則因愛而至與社會抗，顧終不見知於所愛，乃遁死美洲之野。凡此諸作，皆為抒情派小說。或假託事跡，或直申懷抱，雖形式殊異，而發表個人誠實之感情，則同具理想派特質者也。

一八二二年 Hugo 與 Vigny 詩集出，理想派始大盛。其先有 Alphonse de Lamartine（1790 － 1869），於千八百二十年刊詩集曰「冥想」（*Meditations*），純依感興，即事成詩，斷絕十八世紀雕琢之習。影響之大，殆足與《基督教神髓》

（「Moïse」）一詩同並出於宿命論。蓋 Vigny 一生，實抱厭世思想，然與 Chateaubriand 等又殊異。其所以悲觀者，初非由身世之感，唯審察人生，洞見虛幻，覺醒之悲，於是興起。《參孫之怒》（「La Colère de Samson」）一詩，言人世愛情之幻。《橄欖山》（「Mont des Oliviers」）一篇，述耶穌故事，求上帝不得見，而猶大（Judas）即伏其旁，則對於宗教之悲觀也。自然者，傳奇派所謂人間之慈母。Vigny 則於《牧人之家》（「La Maison du Berger」）詩中，述自然之言曰，吾芒然岸然，投人類於螻蟻之旁。由吾視之，人與蟻等。吾身負荷，而並不知其名。人謂吾為母，而吾實一塚耳。非人生辛苦，亦無庸有所怨尤，但當委心任運以待盡，如《狼之死》（「La Mort du Loup」）詩中所言老狼，負傷忍苦，默然而死。此實 Vigny 之斯多噶派厭世哲學也。以是悲觀，遂於一切有生，起哀憫之念。「Éloa」棄神國之樂，以從淪落之天使，即以表其對於罪惡之同情，乃不異於 Hugo 也。

Alfred de Musset（1810 － 1857） 與 Théophile Gautier（1811 － 1872）同為傳奇派大家，而正相反。Musset 純為主觀之詩人，Gautier 則重客觀，已為新派前驅。Musset 天性善感，又受 Byron 之化，故以詩與愛為畢生事業。詩皆直抒其心曲，又作自傳體小說一卷，並有名於世，而喜劇集為尤最。當時戲曲，頗雜揉無序，Musset 所作，則仍依舊式，

純屬喜劇性質，而自具特色。其所描寫，非屬一時一地，並為人世共通之事，大抵以愛戀為材。雖出空想，亦違現實。劇中主人，即為著者本己，故尤深切而有味也。Gautier 早年多作華麗奇詭之詩，含有傳奇派色彩，唯所言死生愛戀諸事，非以寫自發之感情，實藉以寄其詞華。一八五二年詩集《琺瑯與雕玉》（*Émaux et Camees*）出，Gautier 純藝術之主義，於是益著。意以為藝術獨立自存，不關道德情思之如何。文學亦其一支，當與雕塑繪畫並論，以技工為重。故其為詩，自比於匠人錯金，或施浮雕於貝玉。Hugo《東方詩集》（*Orientales*）中，已見端倪，Gautier 乃擴而充之。後此作者，奉之為渠帥，立高蹈詩派，殆可謂之傳奇與寫實二者之仲介也。

三　又

　　法國傳奇派小說中，抒情派最先起，歷史小說繼之。前者本於主觀，寫個人之情思，如 René 等是。後者本於好奇，仰慕中世，深致頌美，乃以想像之力，復起古代事物，著之篇章，雖虛實淆溷，論者或至謂即歷史小說之名，亦不得立，顧著作本旨，第一寄懷古之情，初非用以教史實，則雖有失征，固無妨也。

　　一八三一年 Hugo 著《巴裡我後寺》(*Notre-Dame de Paris*)，足為此派代表。Hugo 本詩人，富於文詞想像，所作為歷史小說，而大似史詩，又似劇曲，似抒情詩，顧獨少歷史價值。蓋精神所在，止於讚美中古藝術，假大寺為中樞，故描寫至精，論建築至百數十紙，令讀者生厭，可以知其大略矣。《哀史》(*Les Misérables*) 一書，亦多含歷史要素，篇卷浩繁，稍失雜糅，然善能表見著者思想，如對於無告者之悲憫，與反抗者之同情，實為全書主旨。社會情狀與哲學論議，俱厠雜其中，Hugo 著作短長，畢見於此。早年作《死囚末日記》(*Le Dernier Jour d'un Condamné*) 及 *Claude Gueux*，平論死刑，力主停廢，其人道主義之思想，與俄國之 Tolstoj 殆相彷彿也。

　　Alexandre Dumas（1803 — 1870）作戲曲，有名於時，尤以歷史小說見稱。幼好英人 Scott 之書，因仿為之，共成千二百卷。有曰「三銃兵」(*Les Trois Mousquetaires*) 與 *Monte Cristo* 者尤勝。蓋以有傳說 (Saga) 趣味，故兒童深喜之。以較 Hugo，則歷史小說體式，至是尤備，第論文藝，乃遠不逮耳。

　　此時別有二派小說，與前者稍異。一曰 George Sand 之理想派。一曰 Balzac 之寫實派。理想派近於抒情，唯其描寫田家與自然之美，雖本理想，亦不廢觀察。寫實派則去

古時史蹟，轉述現時之社會，雖敘世相，而仍雜以想像，故又與後之寫實主義不同。George Sand（1804 － 1876）本名 Amandine-Aurore-Lucille Dupin，幼育於母家，習知農家情況。長至巴裡，讀《基督教神髓》，Rousseau 與 Byron 著作，大被感化。歸 Dudevant 男爵，不相得，十年後遂離別。從事文學，以 Sand 自號。所作凡分四期。初為抒情小說，力攻男女不平等與無愛之結婚，蓋半由 Rousseau 等之思想來，半出於一己之經歷。次乃傾心於社會主義，假小說為傳佈道具，藝術價值，多不足稱，然由為我而轉入利他，一改人生觀念，則影響至大。第三期之田園小說，實為 Sand 傑作，如《鬼沼》（*La Mare Au Diable*）及 *François le Champi*，皆寫故鄉農民生活，優美而誠實，為法國文學所未曾有。Sand 之理想派，亦由是得名。第四期小說，多取愛戀為材，頗似初年之作，唯無復激昂之氣，但述優婉情事，以良時勝景為襯帖，則類田園小說也。

　　傳奇派之寫實小說，Balzac 稱最大，而實發端於 Stend-hal。Stendbal 本 名 Marie-Henri Beyle（1783 － 1842）， 好十八世紀物質論，以幸福為人生目的，故歸依強者。極讚那頗侖，以為人生戰士代表，屢從之出征。及那頗侖敗，遂遁居義大利卒。所作書不與傳奇派同，唯多寫人間感情，頗復相近。若其剖析微芒，乃又開心理小說先路。其小說以《赤

與黑》（*Le Rouge et le Noir*）為最。Julien Sorel 出身寒微，然有大志。絳衣不能得，則聊以黑衣代之，誘惑殺傷，歷諸罪惡，終死於法。殆可謂野心之悲劇，亦足以代表人生精力之化身者也。Stendhal 生時，頗為 Balzac 與 Mérimée 所稱，然世不之知。至十九世紀後半，始漸為時人師法，如所自言云。

Prosper Mérimée（1803 － 1870）思想，頗受 Stendhal 影響。Stendhal 推崇強力，惡文明之範物，至自絕於法國，以 Milano 人終。Mérimée 理想所在，則為中古時，或蠻荒之地，人生精力，未為文化銷損，猶存本來者也。其著作別無傳奇派特性，唯此一端，差為近似，蓋驚異復興之一面，即有遺世之想，蘊藏於中耳。Mérimée 初作戲劇，詭雲中古西班牙人 Clara Gazul 作。又托 Hyacinthe Maglanowich 名，作古史詩曰 *La Guzla*，一時驚以為真。小說最勝者有 *Colomba*，記 Corsica 島樸野之風，與歐陸文明相較。其敘親屬報仇（Vendetta）之習，及山林亡命（Banditti）生活，皆有生氣，令讀者覺浮華之社會，良不如所謂蠻島者勝也。Mèrimèe 人生觀似 Stendhal，而文術更進。等用客觀，而復富於想像，剖析心情，紀述事物，皆絕精密，逾於傳奇派小說之外。本為考古學專家，通歷史言語諸學，故造詣甚深。又治俄國文學最早，為之介紹於世，於歐洲文學，甚有功也。

Honoré de Balzac（1799 － 1850）世稱傳奇派之寫實家，

蓋其寫狀人生，務求實在，實開十九世紀後半寫實主義之先，唯亦時雜幻景，故仍屬傳奇派。以藝術言，則 Stendhal 與 Mérimée 所作書，尤為完善。但影響於後世者，殊不及 Balzac 之大。Balzac 作小說甚多，可與 Hugo 相比。Hugo 為詩人，饒於神思，以是特長傳奇。Balzac 則小說家，善於審察世相人情，圖其形狀，故 Hugo 作《哀史》不能盡善，而 Balzac 得奏其功也。所著小說統名之曰「人生喜劇」（La Comédie Humaine），復分都市鄉邑農村政治軍事私人諸生活，哲學分析諸研究等，網羅社會一切現象，而成人類之自然史。自言將如博物學者，觀察人生，記載真相，無所評騭。凡善惡美醜，禍福苦樂，由彼視之，僅為事實之一端。其視人類與一草一蟲，並無差別，棲息天地間，更無自由之意志，但以天性之激促，外緣之感應，緣生動作。作者之職，即在集錄此種種因果，而宣布之。此統系研究之法，實為後世寫實派所本，第在 Balzac 時，猶未能致於完善。蓋傳奇派嗜異之風，時或發露，事故人物，多涉怪幻，或入感情小說一流境地。且所見社會情狀，偏在中流以下，圖寫人性，亦多鄙俗之流。凡高上生活，與優美性格，皆未能摹繪盡善，然其創始之功，自為不朽也。小說中有 Eugénie Grandet 寫吝嗇人之類型，La Père Goriot 寫溺愛之父，皆極妙。《人生喜劇》全部中，以此二篇為傑作云。

四　英國

英國傳奇派文學，始自 Cowper 等三詩人，至一七九八年 Wordsworth 等之《抒情詩集》出後，勢乃大盛，其精神所在，並為愛自然，憐生物，重自由，後先蓋無異。慕古之風播宣於 Percy Ballads 及 Ossian 者，則後有 Coleridge 之詩，Scott 之歷史小說為代表。唯此他小說，未能發達，僅 Austen 繼 Richardson 之後，以心理小說名，然殊不及法國之盛矣。William Wordsworth（1770 — 1850）少慕自由，聞法國革命而大悅，奔赴之，效力於 Girondin 黨，親屬危之，絕其資斧，遂返英，而同黨不久旋覆沒。及恐怖時代起，繼以那頗侖之治，因大失望，然仍信革命原理，略不疑貳。Wordsworth 深愛自然，與友人 Coleridge 居於 Grasmere，所隸之郡多湖沼，世因謂之湖上詩派，第以人與地言，實於詩無與也。二人共纂《抒情詩集》，Goleridge 僅有《古舟師之歌》一章，余並 Wordsworth 作。Wordsworth 為自然與人生之詩人。其人生之詩，約可分為三類。一曰兒童生活，二曰田家事物，三曰自由精神。《抒情詩集》序中，已自陳述其意。而對於自然，尤具別見。古昔詩人，凡所詠歌，大抵限於人事，或以自然為背景。次乃因人而推愛及於自然，終至 Cowper 之儔，則詠自然之純美。Wordsworth 顧以自然而愛

及人間，乃與諸家絕異。蓋所愛非物色之美，而在自然中之生命。意謂萬物一體，以離析故，是生各種色相，唯生息相通，仍得感應。為說與 Neoplatonism 類，後代密宗（Mysticism）多出於此，第 Wordsworth 則推崇自然，虛心淨慮，以觀物化，終能與神化感通，入於圓融之境體知人生真義，猶 Blake 所謂人與山遇，大事乃成矣。是故山林物色，最足為觀察之資，其歌詠人生，亦多本此意。兒童天真尚存，田家生活，又多出於根本感情，均與自然相近，此所以可貴。而民主思想，則又其一因也。

Samuel Taylor Coleridge（1772 — 1834）與 Wordsworth 共撰《抒情詩集》，然著作絕異。以傳奇派精神言，Wordsworth 為復歸自然一流表率，Coleridge 則驚異之復生也。所作《老舟師》（「The Ancient Mariner」）一章，以民謠（Ballad）式述海上神異，多見異物奇景，雖在世間，實非人境。經歷無名之恐怖，其力在能感人，而非以喻人，為傳奇派之一特色。老舟師殺一信天翁（Albatross），乃見異兆入於凶境，本出民間俗信，顧著者之人生思想，亦寄其中。海鳥依人，初無猜忌，而舟師殺之，自破「愛律」，絕於眾生。故其心靈自見放於孤獨之境，唯舊愛復生，始獲解免。故詩有云，孰愛大小萬物，愛最深者，其禱最善。唯神愛人，是造一切，亦是愛一切故也。此與十八世紀詩人愛憐生物之思

想，本亦一致，唯 Coleridge 托之神異之詩，故晦而不彰耳。所作又有 *Christable*，詠中古事，只成第一卷。又嘗夢見忽必烈汗宮殿，作詩數百行，覺而記之，方半，為友所擾，余遂忘失，亦不復續成之。中年以後因病服鴉片，久而成癖，不克自振，著作遂少。

Coleridge，Wordsworth 初並傾心於法國革命，後失望去之不復顧。在英國文學中，足為革命精神代表者，實唯 Byron 與 Shelley 二人。George Gordon Byron（1788 — 1824）系出 Burun，本北人，隨威廉入英，世著武功。蓋桀驁不馴之氣，猶多存 Viking 餘風。Byron 叔祖，以 Wicked Lord 著名，其父本大尉，則俗稱 Mad Jack，故 Byron 一生，亦多奇行，任一己之性情，與社會抗拒，世稍稍愛其才，然復短其行。一八一五年，與妻離婚，世論甚薄之。Thomas Moore 著傳中及其事，其言曰，世之於 Byron，不異其母，忽愛忽憎，了無判別，蓋實錄也。而 Byron 亦自此去國，不復返。初欲助義大利獨立不成。及希臘起抗突厥，遂傾資助之，躬自從軍，規取 Lepanto，以熱病卒於 Missolonghi，年三十七。希臘政府為行國喪，義大利志士瑪志尼亦云，興吾國者，實 Byron 也。其行業亦至足重，不僅以詩傳矣。

傳奇派思想，最有影響於後世者，為推重個性，摧毀舊章一事，Byron 殆其代表。凡新潮湧發之初，俱由反抗，傳

Shelley 則本於哲學思想，欲毀壞舊制，建立溥遍之和平。少時讀 Godwin 之書而喜之。肄業 Oxford 大學，著文言無神論之要，遂見斥逐。又以娶寒家女，失父歡，漂流無所依止。一八一一年始識 Godwin，從之遊，愛人類重自然之心，愈益發達。William Godwin（1756 － 1836）著 *Enquiry Concerning Political Justice*，以為人性本善，由外緣之力而生差異，故人實一切平等，若去政教閡障，必能至於具足之境。以教區為基本，一切自治，而總之以一院制之議會，每年集議一日，平論政事。唯欲達此目的，當以勸喻，毋用強暴。此哲學之無政府主義，出於 Rousseau 而更有進。Shelley 思想，即由是來，時見於所作詩曲。*Queen Mab* 中云，罪惡非生於自然，實唯帝王牧師政客，摘人道之華於萌蘗之際。*Prometheus Unbound* 一篇，取材希臘神話，補 Aiskhylos 亡詩，尤為傑出之作。大神 Zeus 雖暴，終至覆亡，Prometheus 還得自由。唯能忍能恕能愛能抗（to defy），乃究竟獲勝，創造黃金時代。人人平等，無階級，無部落，無民族，無畏懼崇拜，各為其君，此即 Shelley 之理想世界也。至 *The Revolt of Islam* 之時，述 Laon 與 Cyntha 欲興希臘，不以暴力而用感化，恕人之惡而不自逃死，則無神論者又復近於元始之基督教矣。Shelley 愛人，因推及物類，常菜食，買魚放之，尤好施予。其反抗之精神，蓋本於利他，與 Byron 之為我者大

異。後客義大利，一日方泛舟海上，會大風雨，遂溺死。其詩宣傳所懷主義，又多作抒情詩，尤為世所賞。

John Keats（1795 － 1821）與 Byron 等同時，故三人常並稱，然思想實不相近。英詩人自 Thomson 以來，至於 Shelley 大率悲憫人世，意在改進。Keats 則不然，所讚揚詠嘆者，唯美而已。少時學醫不成，讀 Spenser 詩與 Homeros 譯本而好之，因傾心於希臘及中古文化，所為詩亦取材於是。其論詩蓋出純藝術派。*Endymion* 詩開端云，美物為永遠之樂。《詠希臘陶尊》云，美即真，真即美。地上之人，所知唯此，應知亦唯此。故以為詩之目的，在於享美。若 Wordsworth 之哲理，Shelley 之人道，皆所不取。唯奉 Spenser 之說為師法，可與其師並稱詩人之詩人（Poets' Poet）也。

Walter Scott（1771 － 1832），蘇格蘭人，初撰集本土民謠為《蘇格蘭邊境歌集》二卷。又自作記事詩，如《末葉歌人之歌》（*Lay of the Last Minstrel*），《湖上女子》（*Lady of the Lake*）皆有名。時 Byron 作 *Childe Harold* 亦仿其體，Scott 自審不敵，遂棄詩不復作，轉而作小說。一八一四年 *Waverlay* 出，立歷史小說之基本，影響被於世界。十七年間，共成三十餘種，*Ivanhol* 一篇，至今傳誦不衰。Scott 著作，雖詩文不同，然為「傳奇」（Romance）則一，仰慕中古之風，亦悉寄焉。其人生觀尚武勇正直，以古人奮鬥之生活為典型，

善能實踐其言，至於自由不羈之氣，則未嘗有。爾後仿之作歷史小說者甚眾，如 Ainsworth 及 Lytton 等，頗著名一時，然並為小家，無足稱述。

Jane Austen（1775 — 1817）與 Scott 同時，俱作小說，而而性質迥別。Scott 撰著，皆傳奇之 Romance，在 Austen 則為寫實之 Novel。有 *Sense and Sensibilit* 等六種，其時 M.G.Lewis 等所著之怪異小說盛行於世，故稿積十餘年不售，一八一一年後始漸刊印。所作承十八世紀 Richardson 等之法，描寫世相，剖析人情，類極微妙。生當傳奇主義時代，而傾向於寫實，與法之 Mérimée 等相似。唯 Mérimée 喜言蠻荒異地，Austen 所敘，則中流社會日常情事，又稍稍不同。法國傳奇派之寫實小說，後遂進於自然主義，發達甚盛，英國則竟中絕。至維多利亞時代，僅 Thackeray，可相彷彿而已。

十九世紀上半，英國報章頗發達，論文亦大盛，如 Addison 時代，唯發表個性，益為真摯。Charles Lamb（1775 — 1834）為東印度公司書記，作 *Essays of Elia* 二卷，仰慕古昔，多追懷感慨之談，詼諧美妙，稱未前有。Thomas De Quincey（1785 — 1859）以《自敘傳》（*Confessions of an English OpiumEater*）得名。所作小品，有散文詩（Prose Poem）之美，尤為世所稱。William Hazlitt（1778 — 1830）以評騭

著，有《時代精神》（*Spirit of the Age*）一書，平議當時人物，稱最佳也。

五　德國

德國傳奇派文學，始於 Goethe，已復中變，Weimar 之地，反為古典文學中樞，於是反動以興，有 Jena 傳奇派之運動。一七九八年 Tieck 與 Schlegel 兄弟，創刊雜誌於 Jena，以宣傳主義，嚮往中古，上求玄美。Friedrich von Hardenberg（1772 － 1801），自號 Novalis，尤為盡力。作小說 *Heinrich von Ofterdingen*，與 Goethe 之 *Wilhelm Meister* 相抗，謂有中古歌人（Minnesinger），遍歷世間，索求理想之幸福，以青華為象徵。Ludwig Tieck（1772 － 1852），初抱悲觀，後治文學，以自寬解，編刊童話（Märchen）甚多。蓋緣不滿於現世，因托神異之境，以寫懷古之情也。所作戲曲，亦均如是。

第一次傳奇派運動，至千八百四年而衰歇，乃有第二次運動，起於 Heidelberg（1806），以 Ludwig Achim von Arnim 與 Clemens Brentano 為渠率。時 Jena 戰後，那頗侖之勢日張，德人先亦自覺，愛國思想，浸及於文學，故傳奇之旨、雖無異於前，而國家觀念則頓熾。昔之寫中世異域者，今

多以日耳曼為限，或言現代民間生活。Arnim 等二人輯民謠集曰 *Des Knaben Wunderhorn*。同時 Grimm 兄弟，亦纂童話集，至一八一二年刊行，為傳說集巨製也。

千八百八年 Arnim 等移居柏林，復興第三次運動，世稱柏林傳奇派。一時人士景附，不復限於一隅。Heinrich von Kleist（1777 — 1811）初為軍人，後棄而就學，又不自滿。目睹邦國離散而不能救，因大憂憤，所作曲有 *Die Hermannsschlacht*，述 Hermann 遊說 Marbod，聯合諸酋，共拒羅馬。又小說 *Michael Kohlhaas*，言正士受枉而不得直，乃至走險。皆假古代以言時事，諷示獨立。至一八一一年，感念身世，憤激彌甚遂自殺。Theodor Körner（1791 — 1813）居維也納，以作劇得名。一八一三年從軍，死於 Leipzig 之戰。有詩集曰「琴與劍」（*Leyer und Schwert*）即軍中所作，多愛國之音也。

傳奇派詩人，以宣傳東方趣味著者，有 Friedrich Rückert（1788 — 1866），為東方語教授，譯述印度波斯支那亞剌伯希伯來諸國詩歌甚多。August von Platen 繼之，唯 Arnim 一派之民謠，尤為盛行，詩人輩出。Joseph vonEichendorff（1788 — 1857）以善詠天物之美，述民間悲觀之情，著稱於世。又作小說曰「惰人傳抄」（*Aus dem Leben eines Taugenichts*），敘一歌人之行旅，實言情而非敘事，為抒情派

小說佳制。Ludwig Uhland（1787 — 1862）生於 Swabia，少讀民謠集，深受感化，其作亦以歌謠稱最。嘗自言詩當與民間生活有所繫屬，非以表個人情意。凡詩之美者，皆本於民間習俗宗教。故其歌雖一人之作，而以表見共通之感情為職志。Wilhelm Müller（1794 — 1827）本靴工子，多作抒情詩，尤以民謠見稱。歌詠自然，頗如 Eichendorff，至化身為圉牧農夫，言其哀樂，乃尤為深摯，蓋似 Uhland 而更過之，又作《希臘人之歌》（*Lieder der Griechen*），讚美希臘，宣揚自由。則本其愛國思想，而推及異邦，亦可以見時代精神之一端者也。

Eichendorff 等樂自然而慕古昔，雖或不滿於現世，然亦無所抗爭，至 Heine 與 Lenau，乃又大異。Heinrich Heine（1797 — 1856）本猶太人，少時以愛戀失意，作詩曲多怨尤之辭，有 Byron 餘風。一八二六年《詩集》（*Buch der Lieder*）及《旅行記事》（*Reisebilder*）出，始大得名，世以羅馬詩人 Catullus 相擬。《旅行記事》略仿 *Sentimental Journey*，指摘舊俗，笑罵並極佳妙。普奧諸邦，至禁其傳佈。千八百三十年移居法國，而著作不輟，為少年日耳曼派領袖。Heine 思想雖屬傳奇派，唯信人生進步，能至圓滿，頗似十八世紀哲人，故進取之氣頗盛。其悲哀之思，亦非本於悲觀，半由詩風感染，與神經之疾使然。晚年遂以偏枯死

焉。Lenau 本名 Nikolaus Niembsch（1802 － 1850），生於奧地利。少而懷疑，感種種不滿，展轉不得安止，乃假詩歌以表情思。博觀自然，又無一非衰落悲哀之象，故所喜詠者，多為深秋風物，如落葉，無聲之鳥，及諸垂亡之美，皆為最上詩材。十九紀前半，悲觀思想，充塞歐洲。革命不成，政治復古。神聖同盟以後，政教反動，復古而又加厲，人心趨於絕望。Schopenhauer 派厭世哲學，遂風靡一世，而在危亡抑塞之國為尤甚。奧以 Metternich 政策，苦於苛暴，為日耳曼諸邦最，故影響之被及於文藝者，亦最著。Lenau 實其代表，與義大利之 Leopardi，並稱十九世紀厭世詩人也。

厭世思想，及於戲曲，於是有運命劇（Schicksalsdrama）者出。Zacharias Werner（1776 － 1823）作《二月廿四》（*Der vierundzwanzigste Februar*），其創始者也，凡禍患相尋，報應有定，不可幸逃之義，早見於希臘悲劇中，至是特重陳之。唯其義有偏至，或怵惕於時地之偶合，或過信報施之無爽，轉入迷信，故發達亦不盛。奧之劇家 Franz Grillparzer（1791 － 1872）初作 *Die Ahnfrau* 一劇，言先人失行，禍及苗裔，至滅門而後已，為運命劇中傑作。後復改途，取材希臘傳說為古劇，如《金羊毛》（*Das Goldene Vlies*）三部曲，雖間含運命說（Fatalism）之意，然已與前作異矣。

德國傳奇派小說作者，首有 Friedrich de la Motte Fouqué

（1777 — 1843），喜中古武士故事及北歐傳說，多所撰述，為之流通，今有 *Undine* 一篇，尚傳誦於世。Adelbert von Chamisso（1781 — 1836）本法人，移居德國，治植物學。作短歌，能得民謠精神。尤長小說，有 *Peter Schlemihl*，亦言神異，而記述漸近自然，故較 Fouqué 為勝。且志怪之中，別有寄託，Peter 賣影求富，周行諸地，乃適得種種苦難，蓋以諷日耳曼從 Metternich 之非計，可與 Kleist 之作相比也。Ernst Theodor Amadeus Hoffmann（1776 — 1822）專以怪異恐怖之事為小說，人稱之曰 Teufels Hoffmann，與英之 Monk Lewis 相類。歷史小說有 Wilhelm Hauff（1802 — 1827）作 *Lichtenstein*，亦無特采，第仿效 Scott 而已。

六　又

德國傳奇派歷三十年而衰，有少年日耳曼派代之興起。少年日耳曼派者，初非文學流別，第為當時志士自相號召之辭，人心久苦屈抑，無所安住，及千八百三十年法國革命，乃感動謀改革，建立少年日耳曼，多假報章以布懷疑與破壞之聲。其旨蓋不外立民治，去神教，毀因襲之道德，而人自為說，未能統一，亦未成為黨社也。一八三五年，聯邦議會下令禁少年日耳曼派著作刊行，並舉 Heine 與 Gutzkow 等五

人為同黨，並在禁列。於是文人多移居法國，言論如故，益為國人所注目，逾於未禁以前，而少年日耳曼派之名，亦自此而定也。

　　少年日耳曼派本以改革政俗為主，重在致用，文字特其宣傳之具，故趨勢與傳奇主義相背，不貴主觀，以益世利人為藝文識志，頗有影響於後世。所禁五人中，Wienbarg 與 Mundt 非純粹文人。Heine 初為傳奇派，至《旅行紀事》，已入於諷刺，去國後作如 Deutschland 等尤甚。Heinrich Laube（1806 － 1884）銳意灌輸法國文化，又致力於演劇，提倡社會劇最為有功。Karl Gutzkow（1811 － 1878）初作小說 *Wally, die Zweiferin*，頗攻難宗教道德，世論囂然，又多作戲劇，自言 Metternich 抑塞言論，下毒於文藝之源泉，故作傾向劇（Tendenzdrama）以解之，所作小說，亦多含義旨，所謂傾向小說也。

　　少年日耳曼派之盛，不及二十年，而影響至大。政治之詩歌，每難發達，故 Georg Herwegh 所著《生者之歌》（*Gedichet eines Lebendigen*）以外，鮮可稱述。唯小說特興盛，大要可分兩派，皆起源於少年日耳曼派，一即傾向小說，言社會情狀與諸問題，出於 Gutzkow。一為鄉村小說，Karl Leberecht Immermann 著 *Der Oberhof*，實其萌牙也。Friedrich Spielhagen（1829 － 1911）繼 Gutzkow 之後，作社

會小說，寫當時人心之不安，頗能見一八四八年革命前後情形，Gustav Freytag（1816 — 1895）反對少年日耳曼派之主張，唯其小說讚揚勞作，持上下調和之說，亦以宣傳主義為事，則又與 Gutzkow 等無異也。

　　傳奇主義本含有平民思想，故仿作民謠之風甚盛，及少年日耳曼派興，此趨向愈益顯著，復轉入小說，以描寫鄉民生活為事。Immermann 後，瑞士牧師 Jeremias Gotthelf 作 *Uli der Knecht*，於寫實中時雜教訓。Berthold Auerbach（1812 — 1882）居德國南方，有《黑林鄉談》（*Schwarzwälder dorfgeschichten*）敘故鄉情景，最為傑出，唯亦間說哲理，頗有傾向小說之風。Gottfried Keller（1819 — 1890）亦瑞士人，以短篇名世，雖言理想，亦重觀察，故特稱勝。Fritz Reuter（1810 — 1874）少以國事處徒刑九年，既出獄，漂泊無所依止，為人家司田事，復轉而撰報章，以 Mecklenburg 方言作小品，甚得稱譽。因從事著作，有《田家》（*Ut mine Stromtid*）一卷最佳，唯用方言為文，論者然否紛紜，至今不能決。Klaus Groth 著詩集曰「活水」（*Quickborn*），亦用下日耳曼語，此外更無繼起者矣。

　　Gutzkow 作傾向劇，偏於論議，或類說法，故枯索不真。Friedrich Hebbel（1813 — 1863）力抗之，初仿 Schiller 作家庭悲劇 *Maria Magdalene*，言少女為狂夫所誘，終於自

殺，猶有當時悲觀之氣。其建立問題而不加解決，又頗似 Ibsen。爾後撰作，多言個性與社會制度之衝突，為後世自然派劇之前驅也。

七　義大利，西班牙

義大利傳奇派文學之興，多受德國影響。千七百八十年頃，Aurelio Bertola 著《德國詩意》（*Idea della Poesia Alemanna*），介紹 Goethe 與 Kleist 等詩，世人亦不甚重。及 Staël 夫人《德國論》出，風行一時，義大利亦受其感化。一八一六年遂有雜誌曰「義大利文庫」（*Biblioteca Italiana*）見於 Milano，以提倡新文藝為事。奧政府雖橫暴，以其師法德國，遂允印行。Giovanni Berchet 譯 Bürger 歌謠，附有論說，亦於是時出世。大略謂直率簡易，雅俗共喻，方是真詩。傳奇派詩求感興於本心，或求之自然與民間俗信，其目的則在表見現時之感情思想，故為生人之詩，與古典派死者之詩殊異。希臘古人歌本土之事，不言埃及，故在爾時，亦為傳奇派。Milton 亦然，緣其詠基督教事，而不言異教。故義大利文學，亦應廢棄古典，以中世為依歸云。此雖 Berchet 一人之言，實足為當時傳奇派之宣言也。一八一七年《義大利文庫》之主義忽中變，於是 Silvio Pellico 等別創報章曰「調

家遂中落。其夫人 Antici 持家政，一意欲興復舊業，歷三十年竟成，然務儉寡恩，至喜子女殤夭，以為可節教食之費。Leopardi 幼慧有大志，而不得出，因日夕讀父藏書，冀以學成名，遂深通古文學。年十九，仿造希臘逸文，學者不能辨。然研究過勞，體乃益羸，終病佝僂，又苦拘繫，欲亡去而不成，監視益嚴，因是鬱鬱，遂厭人世，常見於詩文，以為人生止有苦趣，靈智之士，苦亦益大，蓋人生慰藉，實唯空虛，人有希望空想幻覺，乃得安住。如幻滅時，止見實在，即是悲苦。欲脫此苦，唯夢或死。如題古墓碑詩中所云，人唯不見日光，斯為最善也。自然生萬物，而覆滅之，其視人類，不異蟻子。《蓬蒿》（「Ginestra」）詩中云，初為生母，終為繼母，與 Vigny 意見相同。自然與魂問答，以三事命之日，其生存，其偉大，其困苦，即其人生觀之精義也。悲觀思想，為傳奇時代所共有，在 Leopardi 特尤甚。蓋身世之感，有以使之然，非盡緣於哲理，故雖以世事為幻，而希求未絕。Raniero 謂所慕有三，愛戀，光榮與祖國是也。Leopardi 之厭世，與 Manzoni 之任天，並由際遇，而愛國之心亦無殊。Manzoni 如 Don Abbdondio，未能蹈危以赴義。Leopardi 則由弱敗，入於絕望。唯《詠義大利》（「All'Italia」）諸詩，純為革命之音，奧國政府謂其背道禍世，力禁流行，而不能絕。授吾甲與兵，吾願獨戰死一解，

最為世所知。其鼓厲人心，不下於 Giuseppe Giusti（1809 —
1857）之政治諷刺詩也。

　　Manzoni 後，傳奇派文學發達極盛，多為小說，雖仿效
Scott 派，別無特色，而在義大利則感化甚大。當時作者，
本非以文藝為業，類皆愛國之士，有志未逮，故藉文字以
宣傳意旨，Guerrazzi 所謂不能戰鬥乃作小說是也。Giuseppe
Mazzini（1805 — 1872）致力於政治，亦提倡文學，以益世
為旨，重思想而輕形式。美非藝術極則，其所尊尚，在能發
表共通情思，以利益人生。故歷史小說獨盛，其效在敘古
昔光榮，能起國人仰慕之心，自慚目前衰落，或如 Manzoni
假古事以言異政治，皆合於益世之義也。Tommaso Grossi
與 Massimo Azeglio 均屬此派。d'Azeglio（1798 — 1866）為
Manzoni 女夫，以 *Ettore Fieramosca* 一書著名。Francesco
Guerrazzi 獨不仿 Manzoni，自成一家。此他作者，更無可稱
述。正如 Flamin 言，仰慕中古之風，不適於羅馬民族，傳
奇文學不二十年而就衰矣。

　　Silvio Pellico（1789 — 1854）初作戲曲，以編 *Concili-*
atore 為奧政府所忌。後入燒炭黨（Corbonaro）遂被捕，由死
刑減為禁錮，十年後得釋。著《獄中記》（*Le mie Prigioni*），
風行全國，與 Manzoni 之作並稱。Pellico 本懷疑派，及經歷
憂患，信教甚篤。作書之旨，本以言宗教之慰安，唯敘述所

歷諸苦，令人感憤，不直奧政府所為，於國事有大影響。論者謂此書一出，奧國之損，不下於敗績一次，非過言也。

　　西班牙與法國接境，故文學亦甚蒙法之影響。Angel de Saavedra（1791 － 1865）本貴族，以國事出亡，居英法，受 Byron 與 Chateaubriand 之化，始立傳奇派。Jose de Espronceda（1810 － 1842）性放曠，為自由而戰，大類 Byron，其詩悲觀而含抗音，亦復相似。Jose Zorrilla 與 Manuel Tamayo 等以戲曲稱。Gustavo Adolfo Bécquer（1836 － 1870）流轉困頓以沒，為詩每仿 Heine，小說師 Hoffmann，有《碧眼》（*Los Ojos Verdes*）一篇最有名。其他文人著作，與世界思潮有系屬者，別無可言。

八　俄國

　　俄國十九世紀文學，始於 Puschkin，而 Zhukovskij 為之先驅。Vasilij Zhukovskij（1783 － 1852）本貴家子，通西歐諸國文學。一八一六年與 Puschkin 等結社於彼得堡，播布傳奇派思想，未幾 Zhukovskij 被命為宮廷詩人，Puschkin 又以筆禍竄邊地，社遂散。Zhukovskij 雖亦自作詩，而翻譯之影響於當世者尤巨，如德之 Bürger 與 Fouqué，英之 Gray 與 Byron 皆是。故 Brandes 以俄國傳奇文學之 Columbus 稱

之。俄之情勢，頗異他國，故文學現象亦稍不同。專制之下民主思想既難長髮，古學又湮沒，中世趣味，亦不能為世人所解。於是專尚主觀，斥棄舊章，自抒新意者，最所尊尚。故 Byron 著作，獨為俄人推重，當代大家如 Puschkin 及 Lermontov，固皆奉 Byronism 者也。

Aleksandr Puschkin（1799 — 1837）以家風喜用法國語，故幼時已讀 Rousseau 等書，早歲有詩名。千八百二十年以作詩刺俄帝寵臣，獲罪，將流鮮卑，有耆宿數人解之，得免，謫居南方。後以行旅過高加索，深感自然之美，又始讀 Byron 詩，受其感化，因力仿之。詩中主人，多頹唐憂鬱，輕於失望，易於奮迅，有厭世之風，而志又甚不固，蓋 Byron 式英雄，復不脫俄國氣質者。其詩亦正如是，故雖云模擬，而仍自表其個性，不流於偽飾也。唯 Byron 天性桀驁，追慕自由，畢生不貳，Puschkin 則外緣轉變，性格輒移。三十五年冬，十二月黨敗，獨以流謫在外得免，俄帝亦優容之，召令給事宮中，作《大彼得史》，至三十七年，與法人 D'Anthes de Heeckeren 決鬥，見殺。傑作有 *Ievgeni Onjegin*，初仿 *Don Juan*，歷八年始成，中經變易，故先後歧異，可略見其為人。蓋 Puschkin 意向，不如 Byron 峻絕。昔之崇信，第由一時激越，迨放浪之生涯畢，則又返其本來，不能如 Lermontov 之堅執而不捨也。Puschkin 見諸友為爭自由，

或囚或竄，而己獨無恙，則遁入斯拉夫愛國說以自慰解。多讚誦武功，以為國之榮光在是。Brandes 謂其始慕自由，而終歸於獸性之愛國，定力不及 Byron，唯描寫性格，才頗勝之耳。所作小說數篇，皆有特色，Gogolj 之感情派寫實小說，即出於此者也。

Mikhail Lermontov（1814－1841）系出 Learmonth 氏，本蘇格蘭人。少習陸軍，出為騎兵小校，喜 Byron 之詩，並慕其為人。又受 Shelley 之化，於人生善惡爭競諸事，多所興感，尊自由尤至。Puschkin 死作詩哀之，籲天為之復仇，時俄帝方寵任 D'Anthes，因罪 Lermontov，流之高加索。四十年，與法國公使子決鬥，復遣戍，是年作小說曰「當世之英雄」，有僚友 Martynov 疑其言涉己，請決鬥，Lermontov 遂見殺，年二十七。

Lermontov 少時，甚慕 Byron 為人，至願己之生涯，有以相肖，然又深受 Shelley 感化。故其悲觀，亦非盡緣絕望，實以孤憤而然。如勇猛者，懷崇高之望，而閱歷世事，所遇皆庸懦醜惡，不副所期，則緣生激怒，聊以獨行自快。故其抗鬥，即以保人類尊嚴，不欲隨順流俗，與自棄作達者不同，蓋甚近 Prometheus 而與 Don Juan 遠矣。初仿民謠體作詩，有《商人 Kalaschnikov 之歌》，言與禁衛軍官決鬥，既復仇，遂願就死，已多革命之音。「Mtsyri」一篇，意義尤

溥博。Mtsyri 者，本高加索四部童子，久居山寺，受長老教
誨，而慕自由不已。一夕暴風雨，遂亡去，欲歸故鄉，迷林
中不能出，數日後覓得之，以與豹鬥受傷，竟殞。詩述其對
長老之言曰，汝問我自由之時，何所為乎，爾時吾「生存」
耳，使吾生無此三日，且將黯淡無歡，逾汝暮年耳。此即
Lermontov 自由之歌，合生命與自由為一，最足以見其深意
者也。

　　Lermontov 亦甚愛國，顧與 Puschkin 絕異。不以威武光
榮為偉大，所眷念者，乃在鄉村大野，及村人之生活。且推
其愛及於高加索土人。此土人者，即以自由故，力與俄國
抗者也。Lermontov 曾自從軍，兩與其役，然終愛之。所作
「Izmail Bey」一篇，即紀此事。又 Valerik 亦言二族戰事，至
為精確，論者謂非身歷者不能道。末云，吾思人間擾擾，將
欲何求。天宇清淨，盡多棲息之地，而人心之中，充滿恨意
者何耶。其反對戰爭之意至明，與 Puschkin 之作詩頌克波蘭
者，相去遠甚。俄人 Kropotkin 稱之曰 Humanist，得其實也。

　　《當世之英雄》（*Geroy Naschego Vremeni*）記高加索軍官
Petchorin 事。其人有才而無所施，乃蔑棄一切，獨行其是，
以自滿足。初悅回部女 Bela，劫至營中，已復棄去。後以事
與僚友 Gruschnitskij 忤，Gruschnitskij 恨之，請與決鬥，反
為所殺。Petchorin 為人，與 Onjegin 略同，而描畫更精善。

書出，世人頗疑即著者自況，Lermontov 乃於第二版序中釋之曰，是中所言不為一人，實當世眾惡之畫像。蓋尼古拉一世時，農奴之制未廢，上級社會，多極逸豫。又方屬行專制，貴介子弟，懷抱才智，不能於政治社會有所展施，因多轉入 Petchorin 一流，以自放逸。故《當世之英雄》一書，雖為小說，亦近實錄。至於描寫方法，多用寫實，已離傳奇派之習。及 Gogolj 繼起，而俄國小說愈益發達，然探求本始，固當推 Lermontov 為首出也。

同時詩人最著名者，有 Aleksej Koltsov（1808 — 1842）。本農人仿民謠作詩，善言農民生活與其哀樂之情。論者以比英之 Burns，而 Nekrasov 則 Crabbe 也。Nikolaj Nekrasov（1821 — 1877）詩多述民間困苦，一一如實，其志在救世，故不入於絕望之悲觀。有《赤鼻霜》一篇，述農婦苦辛，終至凍死山林中，為諸作中最云。

九　波蘭

波蘭文學盛於十九世紀，其先多被法國之化，未能自有表見。及傳奇主義興，趨向始變，師法英德，而 Byron 之力特大，蓋傳奇派思想，本從反抗之精神出。個性主義與平民傾向，即可推及於邦國民族，轉為愛國之思，故危亡之國，

大抵受其影響，文學與政治，並見發展。波蘭千八百三十年革命不成，Mickiewicz 等復仇詩人，即出於此時，欲以文字振起國人，寄精誠於至文，感化之力甚深且廣，為前此未有。Jan de Holewinski 稱之為波蘭文學之黃金時代，蓋以此也。

Mickiewicz 前，有 Ukraine 派詩人，紹述 Kazimierz Brod-zinski 之說，立傳奇派基本。Antoni Malczewski（1793 — 1826）本貴胄，受法國教育，慕自由。嘗從那頗崙北征，逮事敗後，漫遊列國，遇 Byron 於義大利，甚相得。Byron 為賦 *Mazeppa* 一詩。Malczewski 所作記事詩 *Maria*，亦仿 Byron 詩風，而意獨深摯，言 Waclaw 悅 Maria，逆父意納之，父怒，偽作和解，遣子從征韃靼，而使力士著面具溺女於城濠，蓋絕作也。Bohdan Zaleski（1802 — 1889）為詩，則純詠故鄉物色，頌美大野巨川，流連無已，又喜述哥薩克人憂患生涯。三十年變後，亡命居巴黎，至於沒世。Seweryn Goszczynski（1801 — 1876）本 Kiev 人，波蘭大舉時，亦與其事，及敗，出亡法國。有 *Kaniow* 一詩，述十八世紀中哥薩克亂事，所敘兵燹之狀皆逼真，最為世人所稱。此三人者，皆生於 Ukraine，以波蘭文著作，而念念不忘故鄉，故稱之日 Ukraine 派。其思想雖不一致，唯愛天物，重自由，言戀愛，皆出傳奇派。又以愛國精神貫通其間，則並

同。凡諸詩人亦悉如是，是為波蘭文學之一特色也。

　　Mickiewicz 與 Slowacki 二人，皆以救國為職志，及獨立不成，乃由絕望而言報復，世謂之復仇詩人。Adam Mickiewicz（1795 － 1855）生長鄉曲，習聞民謠童話，甚好之。民謠多言中世時韃靼內侵事，Mickiewicz 感動，遂為愛國思想之根本。少時學於 Wilno 大學，有 Tomasz Zan 者，聯合學生結社曰愛德（Philaretia），以家國學術道德三者自勉，一八二二年為俄政府所禁，Mickiewicz 被捕入獄十閱月，徙居俄國。經苦裡米亞至莫斯科，多見東方物色，成詩集一卷。為 Puschkin 所知，遂相友善。居俄五年，作長詩二篇。一曰 *Grazyna*，言有 Nowogradk 王 Litawor 與外父忤，將引外兵攻之。其妻 Grazyna 潛命門卒勿納日耳曼使者，授兵怒而反攻，Grazyna 殺破之，自亦中流彈死。此篇之意，蓋極端之愛國主義，謂苟以此最高目的故，則雖違命召禍，如 Grazyna，亦無不可也。一曰 *Konrad Wallenrod*，取材古昔，言有英雄以敗亡之餘，謀復國仇，因偽降敵，漸為其長，得一舉報之。此蓋以 Machiavelli 之意，附諸 Byron 之英雄，故驟視之，亦第傳奇之作，檢文者弗喻其意，得印行。Mickiewicz 名遂大起。未幾得請，漫遊歐洲，作《死人祭》（*Dziady*）。波蘭舊俗，每十一月二日，必置酒果壟上，以享死者。Mickiewicz 少時曾詠其事，至是成第三卷，則轉而言

人世。亡國之哀，橫決而為報復。囚人賡歌，願治礦得鐵為斧，種麻絢索，娶回部女子生一刺客，以報俄帝。又成 *Pan Tadeus* 一詩，記波蘭古事，自寓愛國之忱，與義大利文人之作歷史小說，意正相等。晚年懷鄉至切，欲歸波蘭，而俄政府卒不許，乃留巴黎，為大學教授。George Sand 極推重之，比之 Goethe 與 Byron。後往君士但丁堡，將招義兵，圖再舉，事垂成而病卒。國人為之歸葬波蘭，與 Kosciuszko 墓相近，從其志也。

Juliusz Slowacki（1809 − 1843）少學律於 Wilno 大學，後改治文學。思想性情，頗似 Byron，故著作亦相近。三十年革命敗後，遁居巴黎。作詩曲甚多，漸為世所知。有敘事詩 *Lambro*，戲劇 *Kordjan* 最著名，皆含報復之意。三十五年去法國，作東方之遊，經希臘埃及敘利亞，閱二年始返。爾後所作，有散文詩「Anhelli」一章最佳，文既美妙，敘述鮮卑流人狀況，復極悱惻動人。Slowacki 作，常述慘苦之事，與 Mickiewicz 相類，蓋並因身世之感使然，唯晚年受 Towianski 感化，轉入密宗（Mysticism）。《精神之君》（「Krol-Duch」）一曲，言精魂轉變，歷諸苦難，終勝諸惡，止於至善，已無前此激越之音矣。

Mickiewicz 與 Slowacki 皆愛國而不能救，乃絕望而頌報復。凡危亡之國民，得用諸術，拯其祖國。即不能成，亦以

與敵偕亡為快。故 Grazyna 雖背夫拒敵，不繆於義，Wallen-
rod 亦然，若抗異族，雖用詐偽，不為非法。如 *Alpujarras*
一詩，其意愈顯。中敘西班牙人攻 Granada 急，城中大疫不
能抗，亞剌伯王遂夜出，赴西班牙軍中，偽言乞降。西人
方大悅，王忽僕地笑曰，吾疫作矣。蓋忍辱一行，而疫亦入
敵軍矣。Slowacki 為詩，時責國人行詐，而以詐術禍敵，則
甚美之，如 *Lambro* 與 *Kordjan* 皆是。Lambro 為希臘人，背
教為盜，俾得自由以仇突厥。Kordjan 者，波蘭人，刺俄帝
尼古拉一世者也。至《死人祭》中囚人 Konrad 歌云，吾欲報
仇，天意如是固報，即不如是亦報。則復仇詩人之精意，盡
見於此，無復余蘊矣。

　　Zygmunt Krasinski（1812 — 1859）與 Mickiewicz 等齊
名，稱波蘭三預言者，唯思想則與前二者迥異。Krasinski 系
出貴族，為人愷悌而惡亂。仰慕古昔，信崇宗教，如傳奇派
文人常度。雖愛祖國，而不主強力，但欲以愛力感化，使人
類皆相親善，各得自由幸福。以信望愛三者，為人生要義。
著 *Irydion* 一曲，以諷國人，謂人世多禍患，唯易怨為愛，
禍患乃去。立意高遠，而不切於情勢。故 Brandes 議之曰，
Krasinski 言復仇之非，而不知愛亦不可恃，羔羊雖柔和，豈
能免於豺狼之齒。亦可謂善喻也。

　　Jozef Ignacy Kraszewski（1812 — 1886）人稱波蘭之

Scott，散文著作都六百卷，尤以歷史小說著名。其先波蘭大抵讀法國流行小說，多無足取，至是此風漸衰。Kraszewski 深通史學，又本其愛國之思，作為小說，甚足振發民氣，故大有功於本國，可與義大利之 Manzoni，匈加利之 Jokai Mor 相比。其所以為重，蓋不盡在文藝矣。

十　丹麥

北歐文學，自 *Edda* 發見而後，閱時五百餘年，傳說 (Saga) 以外，無名世之作。至 Ludvig Holberg（1684 － 1754）出，立丹麥近代文學之始基。所作喜劇，今猶傳誦之。十九世紀初，Steffens 與 Schack-Staffeldt 遊學德國，歸後著書，傳佈傳奇派思想。Adam Oehlenschläger（1778 － 1856）應之而起，作詩曲小說，多極精妙。特以《北地神祇詩》一篇著名，結集古代神話，會通成詠，稱未前有之作。Nikolai Frederik Severin Grundtvig（1783 － 1875）為 Steffens 中表兄弟，因承其說，致力於古伊思蘭文學，仿 Oehlen-schläger 作史詩。唯其傑作，則為民謠。自言願如林中小鳥，以歌怡悅鄉人，倘得傳誦人口，小兒踏歌相和，或秋收時，鄉女束稻競唱，則吾詩之幸。可以見其本意矣。

Ludvig Adolph Bodtcher（1793 － 1874）與 Grundtvig 同

稱丹麥四詩人之一，而思想行事迥異。Grundtvig 為力行家，喜論爭說教，作詩多平民傾向。Bodtcher 則為養生家，崇美享樂，優遊卒歲，未嘗以靈魂為念，有希臘詩人 Anacreon 之流風。家頗富，父歿，遷居羅馬，賞覽南方物色，以詩酒自娛，顧不多作，每作無不精妙。有《遇酒神》（*Modet med Bacchus*）長詩一篇，多含異教精神，是其絕作。與雕刻家 Thorvaldsen 友善，對門而居，及 Thorvaldsen 卒，以製作贈本國博物館，Bodtcher 送至丹麥，亦留不復去。種花彈琵琶歌詩，以至沒世。

Frederik Paludan-Müller（1809 — 1876）深信宗教，以道德為人生根本義。少時嘗有所愛，而其人逝去，故思想傾於悲觀，以禁慾滅生為至善。有敘事詩 *Adam Homo* 及 *Kalanus* 二篇，反覆申明此旨。初作《舞女》（*Danserinden*）等詩，多受 Byron 影響，*Adam Homo* 亦仿 *Don Juan* 而成，唯意更深切。Adam 者實人類代表，具有聰明才知，而志氣薄弱，漸就變化，起自平民，以至卿相，名位益高，而德行亦益下。始終凡三變，始樸素，繼以奸惡求仕進，及為男爵執政，則以愚鈍終也。Kalanus 為印度婆羅門，初信亞力山大士梵天化身，因往從之，及目睹其飲酒狎妓，乃大憤悔，舉火自焚。亞力山大百計阻之無效，卒火化解脫。此篇之意，蓋示人性二元之衝突，以亞力山大與婆羅門為代表。同時 Søren

Kierkegaard（1813 — 1855）作《或彼或此》（*Enten-Eller*）一書，亦言此理，為近世個人主義所從出，唯 Paludan-Müller 非理智而崇誠信，故靈究竟獲勝，而其讚美死滅之意，亦於此見之矣。

一八七四年，Paludan-Müller 作詩曰「Adonis」，是其絕筆，厭世思想亦最著。Adonis 為 Aphrodite 所愛，終亦厭倦，乃逃於幽冥，Persephone 飲以忘川（Lethe）之水，令得永息。天地皆默，唯有星辰滿天，明月運行，漸沒於海而已。Brandes 謂當冠以 Peisithanatos 之名，與 Leopardi 並稱愛死者。唯 Leopardi 作《愛與死》（「Amore e Morte」）一詩，尚以二者並舉，一予人以悅樂，一賜以安息。與 Puludan-Müller 之以 Asceticism 為本者，又復殊異也。

Hans Christian Andersen（1805 — 1875）十二歲喪父，其母浣衣以自給。十四歲獨行入都，漂泊無所托，有教授 Collin 者為請於官，以公費肄業，漸升轉入大學。初作小說曰「即興詩人」（*Improvisatoren*），敘義大利物色甚美，為世所稱。三十五年冬出《童話》（*Eventyr*，一卷，凡四篇，取民間傳說，加以融鑄，溫雅妍妙，為世希有，Andersen 之名遂從此立。爾後每歲續出，至七十二年止，總可百五十種。詞句率簡易如小兒語，而文情宛轉，喜怒哀樂，皆能動人，狀物寫神，又各極其妙。Brandes 嘗論之，謂其敘鵝鴨相語，

使鵝鴨信能言談，殆必如是也。蓋 Andersen 天稟特異，以小兒之目審觀萬物，而記以詩人之筆，故美妙自然，可稱神品。今古文人，俱不能及，唯 La Fontaine 之《寓言詩》差近之。Charles Perrault 著 *Contes de ma Mere l'Oye*，則用常言直說口傳之故事，與 Grimm 兄弟輯集 *Kinder-und Hausmärchen* 相類，非由自作，或以比 Andersen，非確論也。

Andersen 作童話，初仿德人 Musaus，頗有藻飾，爾後轉入單純，乃自成一家。喜誦印度 Bidpai 所著寓言，至老不倦，每師法其意。有《無畫畫帖》(*Billedbog uden Billeder*) 一卷，為千八百四十年作，記月自敘所見，凡三十三則。亦類童話，而特饒詩趣，復兼繪畫之美，為作中絕品。又自傳一卷曰 *Mit Livs Eventyr*，坦白質直，最足窺見本色，與 Ronsseau 及 Cellini 自敘，並為名世之作也。

十一　瑞典

瑞典文學自宗教改革以後，漸見興起，至傳奇時代而大盛。有 Per Atterbom 與 Lars Hammarskjold 等，創立雜誌曰「啟明星」，提倡新派文學，以德國為師法，世因稱此派曰 Phosphoristes。同時有峨斯會起於 Uppsala，欲聯合約種為一族，刊雜誌 *Iduna* 以宣傳之。Erik Gustaf Geijer 為之主，詩

歌而外，作《瑞典紀言》，表揚古代光榮，蓋亦受德國愛國思想之影響者也。

　　Esaias Tegner（1782 — 1846），父 Lucasson 本 Tegnaby 農家子，力學，為牧師，易姓 Tegnerus。蓋當時學籍以拉丁文記名，後遂因之稱 Tegner 氏。Esaias 幼好讀 Ossian 詩，少長就學，得見希臘史詩及北歐傳說，日夕誦讀，其文學思想，即萌育於此時。後為大學教授，積功遷主教，而思想終含異教精神（Paganism），因亦無仰慕中古之意，與 Phosphoristes 一派不同。又亦關心世事，而不限於國族，故復與 Geijer 不同也。所著 *Frithiofs Saga* 一詩，自言仿 Oehlenschläger 作，取材伊思蘭傳說，言情敘事皆極妙，其人生觀亦即寄其中，為瑞典獨一之名著。Frithiof 出身微賤，愛王女 Ingeborg，而王不許。中更患難，遇之 Ringerike 王所，王死，乃復得之。Brandes 所謂始以抗爭，繼以信守，終如其志。唯所得非幸福，而為幸福之影，此實即人生之象徵矣。Tegner 居革命反動時，而信自由之心不稍變。然不趨極瑞，以為當止於調和，終劑於平，Frithiof 與 Ingeberg 之復合，亦所以表此意也。

　　Frans Mikael Franzen（1772 — 1847）生於芬蘭，為主教，與 Tegner 友善。作詩仿民謠，多詠自然及田家生活。Johan Ludvig Runeberg（1804 — 1877）繼起，亦以瑞典文

敘芬蘭民生情狀，多用寫實，不偏於理想。所作《獵鹿人》（「Elgskyttarne」）及「Hanna」諸詩，皆優美之 Idyll。又用俄國 Bylina 體，作「Nadeschda」。及芬蘭 Elias Lonnrot 博士採集民謠，編為史詩 *Kalevala* 一部，Runeberg 譯其首卷為瑞典文，甚得稱譽。唯其傑作，則為《旗手 Stal 故事》（*Fanrik Stals Sagner*），計二卷三十五章，假旗手之口，述俄瑞戰役舊聞，自將帥士卒之行事，以至孤兒村女之哀怨，巨細畢具，文情相生，因益佳勝。俄並芬蘭時，Runeberg 方五歲，親見其事，終身不忘，故於此時一罄其蘊。瑞典學會特製金章贈之，以非瑞典公民，不能選為會員也。同時有 Fredrika Bremer（1802 － 1865）亦芬蘭人，以小說名。言中流家庭情狀，亦因寫實，而多樂天思想，故為世所賞。其餘芬蘭文人如 Paivarinta 等，以本國文著作，茲不具言。

十二　挪威

挪威之有文學，始於一八一四年。其先與丹麥合國，如 Holberg 輩雖系出挪威，後世皆以丹麥詩人稱之。及五月十七日宣言獨立，文學同時興起。所謂五月十七日詩派（Syttendemai Poesi），盛極一時，多愛國之音，而失之稚弱，不足傳世。至 Wergeland 出，始漸臻美善。Henrik Arnold Wergeland（1808 － 1845）亦多作政治詩歌，思想傾向民主，文辭奔放，不循則例，大行於民間。晚年作《花卉畫》（*Jan van Huysums Blomsterstykke*），以眾花擬人，各表其希求，善能和政治思想於詩歌之中，Shelley 以外，無與倫比。又有《猶太人》（「Joden」），《猶太女》（「Jodinden」）二詩，皆為無告者告哀，其後挪威遂廢猶太人入國之禁。J.S.Welhaven（1807 － 1873）言文學政治，不主急進，故不滿 Wergeland 一流。有詩曰「挪威之征光」（*Norges Daemering*），自述理想，力戒偏激。一時爭議紛紜，而挪威文學亦以是得趨中道，彌復發達。Welhaven 詩重義法而少神思，故不及 Wergeland，唯長於評論，指導文學趨向，為甚有功也。

政治詩歌漸衰，國民文學，於是繼起。Andreas Munch 介其間，兩無所屬。所作詩歌小說，亦平凡鮮可稱道。唯離政事而言人情，足為過渡時期代表耳，又作曲數種，有 *Salomon de Caus* 一篇，言其人始知蒸氣之力，世人以為妄，禁之狂人院中。文不能佳，而挪威戲曲，此實其首出，為 Henrik Ibsen 之前驅也。

挪威國民文學，至 Bjornson 之農民小說而達其極。Asbjornsen 輯民間傳說，實開其先，蓋愛國思想，漸益深廣，文人率離去政事，轉言國民生活，於是輯錄民謠故事者遂盛。P.C.Asbjornsen 本治動物學，遊行國中，研究海物，並

採輯故事，搜訪極勤。同時有 Jorgen Moe 博士，為主教，亦助之，遂成《挪威民間傳說集》(*Norske Folkeeventyr*)，與 Grimm 兄弟之書齊名，影響於後世甚大。Moe 亦自為詩，述田家生活，能得民謠精神。唯所作不多，Gosse 比之紫花地丁，謂其細小而香豔獨絕也。

第五章　寫實主義時代

一 緒論

　　十九世紀後半，為寫實主義（Realism）時代。或謂之自
然派（Naturalism），以別於十七世紀以後之寫實傾向。原傳
奇派之興，本緣反抗理智主義，崇美述異，以個人情思為
主，發揮自在，無所拘束。不五十年，盛極而衰，神思既
涸，情感亦失真。於是復流於誇飾，如 Marini 時，而反動遂
起，理智主義，復占勝勢。唯其時學術發達，科學精神，及
於藝文，入為本柢。十九世紀後半期文學，與十七八世紀寫
實傾向，似同而復絕異者，即由於此。

　　Auguste Comte 創實證說以來，唯心論派哲學，漸失
其勢。研求真理者，多而自然科學為本。Ludwig Büchner
作《力與質》，Robert Meyer 唱力不滅說，於是唯物思想，
披靡一世。宗教信仰，亦因而毀裂。德之 David Friedrich
Strauss，法之 Joseph Ernest Renan，作《耶穌傳》，以為世
故無神，唯人意造，或則歸之不可知論（Agnosticism）。
一八五九年 Darwin《種源論》（*Origin of Species*）出，進化
遺傳之理大明。凡有學術，悉被影響。其見於文藝者，則為
唯物思想之文學，即所謂自然主義是也。

　　物質主義（Materialism）應用於人生觀，乃成決定論
（Determinism）。古時亦有宿命之說（Fatalism），唯所謂命

者，與神意雖不同，而幻化莫測，有定有復無定，仍不離於迷信，至傳奇派詩人之悲觀，已涉及人生共同之運命，特多據主觀，以身世之感為基本。Schopenhauer 說求生意志（Wille um Leben），始綜括其義，至是乃藉自然學之力，愈益證實之。人類生存，與一切生物，同受自然之支配，別無自由意志，能與抗爭。蓋天性與外緣，實為一生主宰，聯結造因，以至歸宿。此唯物之人生觀，實即自然派文學之主旨，神既非真，無以尊於人，人又不異於物。現實暴露之悲哀，引人入於悲觀，較之歷世人生厭倦（Tedium Vitae）自尤為深切矣。

自然派之說，作始於 Zola，故又稱 Zolaism。列國文人，雖未必盡奉此說，唯精神終亦相同，茲舉其要旨，並與傳奇派思想比較之如下：

一，傳奇派重主觀，自然派則重客觀。描寫事物，俱依實在。不以一己情思，有所損益。蓋即以科學法治文藝，正如博物學者觀動植現象，絕不用空想藻飾。而對於生物之變化生滅，亦更無所容心也。

二，傳奇派尚美，自然派則尚真，凡人世所有事，繼極凶戾醜惡，倘能觀察精審，描寫確實，俱可入文。蓋文藝者，實為人生記錄（Document Humain），非娛樂之具。故所求不在美觀，而在真相。過去榮光，與未來情狀，非今之所

欲知。但能寫現世裸露之真（Nuda Veritas）者，即為最善，雖忤視聽，亦復無礙。英人 Bernard Shaw 嘗自題其劇本曰 Plays Unpleasant，正復運為自然派著作之稱號也。

三，傳奇派好奇，自然派則好平凡。古時詩歌小說，多取王公貴人為主人，雖半由階級思想，半亦因藝術作用而然，如 Aristoteles 詩學所言，用以增讀者之興感。傳奇時代，此風盛行，歷史小說，即其成果也。自然派文學，乃專寫現世實事，古時異地，皆所不取。美人豪杰，亦甚希覯。所記者但為凡人庸行，又尚描畫而少敘述，別無委曲變幻之事跡，可娛觀聽。故自然派著作，又有 Uninteresting 之稱。而價值亦正在此。蓋平常事跡，去之不遠，有切身之感，與讀傳奇小說，如聽人論他家是非者，大有異也。

由是可知自然主義文學，蓋屬於人生藝術（Art for Life）派，以表現人生為職志。故問題小說戲劇，皆盛極一時，而韻文著作頗不振，凡以詩歌著名者，大抵自成流別，與自然派稍不同。

二　法國

法國自然主義之起，蓋在 Balzac。描寫種種世相，為「人生喜劇」。又言將如博物學者，觀察人生，記錄真相，無

所評驚，實開 Zola 之先路。唯多寫類型，又時有誇飾，尚存傳奇派餘風。至 Flaubert 之 *Madame Bovary* 出（1856），始立自然派基本。Gustave Flaubert（1821 － 1880）勞作三十餘年，成書七種。描畫事物，皆極精微，又必征實，故一書之成，至需時數年。又頗注意於詞調，與 Zola 等之非薄技巧者不同，其作亦可分兩類，一為純粹寫實派，如 *Madame Bovary* 及《感情教育》。一為傳奇寫實派，如 Salammbô 及《聖安多尼之誘惑》。又《小品三篇》（*Trois Contes*），則兼二者而有之。

Madame Bovary 述一女子墮落之行徑，始於冀望，繼以失誤，終於滅亡。描寫純用客觀，絕無褒貶。對於 Emma 之敗亡，既不寄以同情，亦未嘗有輕蔑憎惡之意，善能見自然派特色，論者比之解剖書，奉舊說者則反對之，云不願數 Flaubert 之骨骼圖也。《感情教育》（*L'Éducation Sentimentale*）本名「枯果」，寫平凡之人生，尤極深切。Frederic 愛 Madame Arnoux，而女已嫁，因各不言，而往來嘗親善，終至老衰，愛亦消滅。其中殆無 Hero 或 Heroine，亦無悲歡離合足以感人。所記皆日常瑣屑，或間以一二不如意事，又大率非重大者。蓋此平凡委瑣之生活，實即人生小像，Flaubert 寫此，即所以寄其人生觀也。Flaubert 雖為自然派首出之人，而論文藝則奉藝術派說。嘗云人生虛無，藝術永在。

故又有虛無論（Nihilism）者之稱焉。

　　Salammbô 一書，性質至奇，蓋自然派之歷史小說，即用寫實法所作之傳奇也。Flaubert 撰此書，前後十年始成。寫古斐尼基事，而考據精密，語必有本，與傳奇時代之作不同。唯描畫過詳，如披考古學圖籍。Flaubert 亦自言，有如雕塑，座大於像也。《聖安多尼之誘惑》（*La Tentation de Saint Antoine*）記埃及古德一夕之夢幻，為譬喻之屬，用以寄其虛無思想者也。

　　《小品三篇》中，「Hérodias」與「La Légende de Saint Julien」皆 *Salammbô* 之類。一敘一世紀時，猶太王殺洗禮約翰事。一據中古傳說，紀聖尤利安奇蹟。Brandes 評之謂歷代教徒述古德行事，無一能得基督教傳說精神，如此無神論者也。其一曰「純樸之心」（「Un Coeur Simple」）則 *Madame Bovary* 一流之作，女僕垂老，為世所遺棄，乃盡心愛一鸚鵡，至奉之如「聖鴿」。未幾鳥死，剝制之，而愛重如故。及病垂死，則見鸚鵡展翼，如將負之登天國也。寫單純之心理，頗極微妙，此與「Saint Julien」取材雖不同，而人生觀則一。世間一切，悉是夢幻錯覺。唯人性柔弱，易受欺妄，輕於絕望，而又必需慰安，故生是種種。如陷溺橫流中，執一藁以求存，其為虛空，正復相同矣。

　　Émile Zola（1840 — 1903）創立純粹之自然主義，較

Flaubert 更有進。厭世思想略同，而不至於絕望，尚為人道奮爭，可於大尉 Dreyfus 案見之。所作小說，有 *Rougon-Macquart* 叢書二十卷，《三都市記》三卷，《四福音書》四卷。又有《實驗小說論》（*Le Roman expérimental*）一卷，言以實驗科學法作小說。先定科學為觀察實驗兩種。一如天文學，學者但能以觀察之力，記錄其現象。一如化學，學者得取一物質，歷諸化驗，究其真相。世間萬物，俱受自然律支配，人類亦然，不異一木一石。故研究一木一石之實驗方法，即可移以研究人類情知之發動。如古文學寫 Achilles 之怒，Dido 之愛，非不甚美，然所記止於外觀。今之所重，則在剖析此怒與愛，以明此二者之作用如何。是即 Zolaism 之要旨，一言蔽之，則曰科學之文學也。

　　Rougon-Macquart 叢書之作，始於一八七一年，至九三年而成。第一卷曰「Rougon 家之運命」（*La Fortune des Rougon*），首敘先代之失德，娶 Adelaide Fouqué，復稍有心疾。女後重適 Macquart 家。以後諸書，即分敘兩姓子孫行事。同稟遺傳惡質，各應境遇，造成種種悲劇。第二十卷《Pascal 博士》（*Le Docteur Pascal*），則據遺傳之說，尋此二族系統，究其因果，以為結束。Zola 倡實驗小說，得力於生理學者 Claude Bernard 之說為多，Pascal 博士，蓋即寫其人也。叢書本模仿 Balzac《人間喜劇》而作，而愈有條理，

以遺傳為經，外緣為緯。Zola 自稱為「第二帝政時代一家族之自然及社會之歷史」（Histoire Naturelle et sociale d'une Famille），所云自然及社會，亦即指此二因而言也。

Zola 出身微賤，歷諸苦境又主張實寫人生，常溷跡下層社會中，考察情狀，故所記皆極詳實，毫無諱飾，以是頗受世人非議。*Rougon-Macquart* 叢書第七卷《酒肆》（*L'Assommoir*）寫巴里工人社會，縱酒淫佚之狀，第九卷 Nana 記女優生活，第十三卷《萌牙》（*Germinal*）記礦工之困苦，皆最著名，而論者紛紜，是非亦最不一。要之 Zola 小說，專寫暗黑一面，或未足包舉人生全體，唯其純潔誠摯之態度，終非諱惡飾非，或玩世不恭者所可及。故若尋求其失，謂拙於技工，非偉大之文人則可，謂為非偉大之道德家，則不可也。

Guy de Maupassant（1850 － 1893）為 Flaubert 弟子，然所著作則屬純自然派，似 Zola 而尤進。Flaubert 為文，精煉尚技工，與自然派不同。Maupassant 受其教，故結構敘述並極完善，又能脫盡傳奇派風氣，勝於師也。Zola 創實驗科學法，專主客觀，唯仍懷改進社會之意，故悲憫之情，時復流露，不能貫徹主張。且描寫社會暗面，本於唯物之決定論，遂不免著意觀察人間獸性，移之記載，猶實驗者豫知某性存在，爰加相當之試驗，以待出現，Maupassant 則本無成心，

僅就身所閱歷，如實記錄，事之光明黑暗，皆非所計。如所記多人間獸性者，則以事實本然故。蓋其意見，既非以藝術為人生唯一真實，求其獨立之完成，如 Flaubert。亦不以人生為藝術究竟，欲比文章於學術，如 Zola。如 *Pierre et Jean* 自序言，蓋別無學說，唯以模寫自然為務而已。L. Tolstoj 著《Maupassant 論》，嘗借喻以明之。曰，「有畫師以長老行列之圖見示，圖寫極精，唯作者意旨所在，則不可見。因問畫師作此，以畫中事為是耶，抑非耶。答言皆非所知，亦不必論，意唯在畫此人生之一部耳。又問對於此儀式，為有同情耶，抑憎惡耶。答言皆無。彼蓋絕不解釋人生意義，對於世相，無所動心，亦別無好惡之念，人生之現狀而已。Maupassant 之著作，正與此畫師相同也。」

Tolstoj 主張人生之藝術，故於 Maupassant 之絕對客觀，深致不滿，又謂缺道德觀念。唯此正其特色，而非缺陷。蓋 Maupassant 著作，但為非道德（Nonmoral），而非為不道德（Immoral）。其書自序，即謂為生活故而著作。蓋其著作，唯狀寫人生為樂，此他別無作用。對於書中人物之苦樂悲歡，既無所感動，對於凶戾俗惡之行事，亦不生憎惡也。在讀者觀於原始獸性之發現，或深覺悲哀，而著者則初無成之見，僅以其為真實，故著之於書，是非好惡，俱非所問。蓋止是客觀之極致，與道德問題不相涉，故謂 Nonmoral，正得

其實，亦可以解世紛矣。

　　凡自然派，雖主張描寫事物，一以實見實聞為斷，而能完全實踐者，僅 Maupassant 一人。所著小說，初多言故鄉 Normandy 事，繼寫巴裡官吏文士及倡女生活，終復轉而寫貴族社會。論者謂其著作，殆無所創造，但「移譯」事實，著之文字。書中人地，率出真實，可以覆按，如《脂團》（「Boule de suif」）及「Mademoiselle Fifi」諸篇，所敘並普法戰時實事。脂團本 Rouen 倡女，至十九世紀末年尚存，Mademoiselle Fifi 或云即《脂團》中普魯士軍官也。

　　Maupassant 思想亦本於唯物論，而未嘗厭世，亦不流於玩世，故著作態度，大抵平正。第以實寫人生，略無諱飾，以是頗為世俗所忌。其所描寫，光明亦間有之，而終多黑暗者，則因所見人世事如實此，非如反對者言，故喜醜化人生，或好寫人間獸性也。晚年病腦，漸入悲觀，著作思想與前稍異，終以狂易卒。

　　Maupassant 作小說 Pierre et Jean 外，以《女子之一生》（Une Vie），《美男》（Bel-Ami）為最佳。唯短篇尤勝，舉世殆鮮儔匹。所作凡二百餘種，如《脂團》，「Mademoiselle Fifi」，《小 Roque》（「La petite Roque」），《港》（「Le port」），《空美》（「Inutile Beaute」）皆有名。

Goncourt 兄弟，亦屬自然派，而與 Zola 等復不同，故別名之曰印象派（Impressionnisme）。印象派者，本繪畫派別之稱，創始於法國畫家 Edouard Manet。描畫景物，不重形式輪廓，擬像實體，但在用光色，表現一己所受印象，故得是名。Goncourt 兄弟，始用其法為小說。自然派重客觀，以外物為主體。印象派則以本心為主，與外物接，是生印象，因著之錄，乃並重主觀，與純自然派相背。唯所憑依，仍在外物，即仍以自然為本，故同屬一系。或稱之為積極自然主義，而 Zolaism 則為消極自然主義也。

Edmond de Goncourt（1822 － 1896） 與 Jules de Goncourt（1830 － 1870）系出貴族，初治歷史美術，頗極精審。後轉入文藝，亦以學術研究法行之。以文學為社會研究之一種，作者觀於現實，記所得印象，以成人生記錄（Document Humain），此外別無所求，實為主張「文學之真實」之第一人。一八六五年時作 *Germinie Lacerteux*，寫下層社會情狀，在法國文學中亦最早，出 Zola 前也。

Goncourt 兄弟作小說，大抵合撰。凡一事一物，二人各就觀感，直筆於書，以相比較，取其善者。久之思想文章，益益相近，幾於無復分別。二人以治文學為畢生之務，至捐棄一切以赴之，與 Flaubert 略同。既不求一己之幸福，亦不問人世哀樂。唯以銳敏之感覺，觀察事物，一一剳記，如畫

師作 Sketch。自宴會時 Flaubert 之解衣紐，以至女僕 Rose 垂死情狀，並用冷靖之度，精密之筆，記錄於書，為他日之用。此自然派之冷淡，已達其極，蓋近於病矣。

Alphonse Daudet（1840 － 1898）作小說，亦屬印象派。平時多作筆記，而志不在蒐集人生資料，亦不以文學為社會研究。唯亦就見聞所及，記取印感，後或聯綴成書，別無一定之結構，則與 Goncourt 兄弟略同。如《暴發者》(*Le Nabab*)，其一例也。Daudet 性情尚有傳奇派餘風，又少時經歷憂患，故於他人苦樂，時有同情。凡所描寫，亦多取光明一面，文章復詼諧美妙，足以相副，故甚為世人所賞。所作小說頗多，《暴發者》及 *Sapho* 等最有名。

三 又

法國寫實派之詩為高蹈派（Parnassien）。一八五二年 Gautier 作《琺瑯與雕玉》(*Émaux et Camees*)，倡純藝術說。以為藝術獨立自存，不關人生。故為詩文，當比於錯金刻玉，重在技工，非以寄個人情思。一時和者甚眾，六十六年出合集曰 *Le Parnasse Contemporain*，遂以名其派。Leconte de Lisle（1818 － 1894）為之渠率，作《古代詩》(*Poèmes antiques*)，《蠻荒詩》(*Poèmes barbares*) 二卷，以史家中立

態度，敘往古情事，其先 Hugo 亦嘗作《世紀之傳說》，唯據主觀描畫，又多抒情之詞。Lisle 則合文藝於科學，研究古代民族生活及宗教制度，皆極詳盡，乃如實圖寫，猶 Flaubert 之作 *Salammbô* 也。蓋實證精神，與自然派小說相同，所別異者，唯其詩尚技工及多言古事而已。Lisle 制此詩，深究希臘猶太印度諸族文化，後遂傾心於佛教。以為世間真理，唯有「永遠」，而「空虛」之外，別無「永遠」。故捨生入寂，始為極樂。出世思想，時時見於詩中。於是向所主張純客觀說，亦未能實踐，漸復有主觀之傾向矣。

Sully Prudhomme（1839 － 1908）亦屬高蹈派，終復轉變，自成一家。幼喪父母，多歷困苦，感人世之悲哀甚切。乃研究科學，欲得解決，而轉得幻滅，失望愈甚。唯獨居覃思，過其一生。詩有云，在此世中，紫丁香花，均就枯萎，鳴禽之歌，一何短促，吾唯永久作夏夜之夢。其詩多抒情，唯不類傳奇派之偏於一己，視他人哀樂，尤有同情。故論者謂其詩兼「個性」與「人性」二者，甚可重也。

François Coppée（1842 － 1908）之詩，對於人生，特具微妙感情，與 Lisle 之冷靖者不同。故初雖同派，旋亦離析。所作有戲曲小說等，而詩尤有名。自傳奇派以來，所取詩材，界域極狹，非古代異域，獨行奇事，則以個人情思為主，未有取平常生活入詩者。Coppée 特創新體，為平

民之詩。日日周行都市，觀察工人販夫之生活情狀，造成詩歌。自既生長巴裡，富於才智，又有優美之感情，故能體會人情，正得真相。世稱之曰賤者之詩人（Le Poète des Humbles）。其詩亦流行甚廣，在高蹈派諸人上，後世模仿者眾，亦卒不能及也。

José-Maria de Heredia（1842 — 1906）以短歌（Sonnet）著名。有詩集《寶玉》（*Les Trophées*）一卷，詠古代事跡，如 Lisle 之古代蠻荒諸篇，琢鏤精美亦相似。以唯十四行之短歌，描畫事物，乃能雄渾如史詩，其才至大。Lisle 為純藝術之詩，終亦屬以哲學思想。Heredia 則始終重技工，善能守高蹈派之說也。

Charles Baudelaire（1821 — 1866）行事與著作皆絕異。蓋生於自然主義時代，為傳奇派最末之一人，而開象徵派先路者也。Baudelaire 感生活之睏倦者甚深，又復執著人生，不如傳奇派之厭世。遂遍探人間深密，求得新異之美與樂，僅藉激刺官能，聊保生存之意識。終至服鴉片印度麻等，引起幻景，以自慰遣焉。著有藝術評論二卷，《散文詩》（*Petits Poèmes en Prose*）一卷。詩集《惡之華》（*Les Fleurs du mal*）一卷，歌詠衰頹之美，論者比之貝中之珠。又《人工之樂園》（*La Paradis artifciels*）一卷，則仿之 De Quincey 之 *Confessions* 而作也。

Baudelaire 愛重人生，慕美與幸福，不異傳奇派詩人，唯際幻滅時代，絕望之哀，愈益深切，而持現世思想又特堅。理想之幸福，既不能致，復不肯遺世以求安息。故唯努力求生，欲於苦中得樂，於惡與醜中而得善美。以媮樂事，蓋其悲痛。此所謂現代人之悲哀，Baudelaire 蓋先受之也。其詩多極怪異慘愴，如詠鷗鴉，日沒，遊魂，屍之類。或以比義大利之 Dante，謂 Dante 曾游地獄，Baudelaire 則從地獄來。反對者則謂之惡魔派（Diabolism）。以 Baudelaire 思想尊崇個性，超絕善惡，故世俗以為惡魔之徒，正猶英人 Southey 以 Byron 詩風為 Satanism 矣。

Baudelaire 之詭異詩風，雖所獨有，而感情思想，已與現代人一致。其詩重技工，有高蹈派流風，然不事平敘，重在發表情調（Mood），為象徵派所本。Verlaine 繼起，益推廣之，及 Stéphane Mallarmé 出，新派於是成立。Paul-Marie Verlaine（1844 － 1896）初亦高蹈派人。既而棄去，以主觀作詩，求協音樂，茫漠之中，自有無限意趣，起人感興。暗示之力，逾於明言。平生嗜飲，日醉於茴香酒（Absinthe）。又放縱不羈，屢下獄，窮困以死。世間謂之曰頹廢派（Le Decadent），同派詩人後遂用以為號。Jean Moréas 始更名象徵派（Symbolist）也。

頹廢一字，最先用以指西羅馬末年情狀，曰拉丁族之頹

廢（Le Decadence Latine）。後通用為嘲罵之詞。十九世紀末期，歐洲文化發達極盛，而人心欲求，終不得厭足，則懷疑斷望，於是興起。其惶惑不安，或放達自遣之風，頗有與中古相似者，故詩人亦自承其名。唯專指藝術而言，不與道德相涉。蓋頹廢派文人，原多正直之士，非盡如 Verlaine 也。

頹廢派藝術之特色，據德人 Hermann Bahr 說，凡有四端。一主情調，二重人工，三求神祕，四尚奇異。實即現代非物質主義之文學。唯頹廢之名，易於誤會，故或並尚美神祕諸派，謂之新傳奇主義。此非本篇所攝，今不具論。

四　又

自然派以外小說家，Anatole France（1844 －）最有名。少讀 Renan 書，深受感化，又傾心於十八世紀思想，為極端之懷疑家。對於宗教信仰，摧毀極力。不信歷史，且並不信科學。以為世無物質，止有現象，而此幻景，又實由吾人官能而生。凡有皆虛，唯「自我」真實，故其著作，與自然派異，但依主觀，寫其印象。嘲諷世情，因之亦特深刻。著書甚多，有《Bonnard 之罪》（*Le Crime de Sylvestre Bonnard*），《紅百合》（*Le Lys rouge*），最為世所知。唯精意所在，則為 *Thaïs*，《現代史》（*Histoire Contemporaine*）及《雲母匣》

（*L'Etui de Nacre*）等短篇集。Thaïs 者，古埃及名伎，基督教古德 Paphnutius 往勸之，終見溺惑，乃破法戒，自願入於地獄。France 深通考古史學，描寫古事，類極精詳，如 Flaubert 之 *Salammbô*。《現代史》四卷，寫社會現象，譏彈教徒之營謀尤力。又有「Crainquebille」，為短篇中名作，最足見著者特色，於嘲笑中，復見悲憫。蓋 France 雖懷疑家，而仍亦關心世事，懷有深遠之社會主義思想也。

Pierre Loti（1850 －）本海軍軍官，然有天才，作小說不屬於一派，唯記述印感，聚短片成章，頗有印象主義之風。平時多遊歷異地，見諸奇詭景物，故著作亦多異域趣味，善敘蠻荒生活，及熱帶物色，《冰島之漁人》（*Pêcheur d'Islande*）一篇，最有名。記 Bretagne 漁人 Yann，赴冰島捕魚溺於海，其妻在家待之不至。事跡甚簡，而文情均極優美。Loti 著作，多以死與海為主材，此篇合二者而一之，足為之代表也。

Paul Bourget（1852 －）頗反對自然派之非道德主義，以為著作者當對社會負責任，不當執著理論，超然物外。又以為平面描寫，不足盡物情，因創心理小說。欲合藝術於道德，融理性於感情，故排科學萬能之說，復興宗教信仰，救世人於懷疑斷望之中，振作其氣，共圖生存。蓋亦唯物思想之反動，與新傳奇派正同。唯尊崇種姓，以舊典為依歸，故

又謂之新古典主義。如是傾向，見於法國為最著者，殆亦時勢使然。普法戰後，愛國思想，漸益增長，於是轉入文藝，成傳統主義（Traditionalism），Bourget 即宣傳此義最力之一人也。著有評論小說等甚多，《弟子》（Le Disciple）最有名。書言少年 Robert Greslou 篤信決定論者 Sixte 之說，躬自嘗試，乃使人己俱得不幸，為唯物思想之犧牲。又《宿營》（L'Etape）一卷，寫 Monneron 家庭悲劇。以 Joseph 與 Jean 父子，代表新舊二傾向。Jean 終離物質主義，復於宗教，得安其住。所謂傳統主義之精神，於此蓋悉發其蘊，至於是非，則未能定也。

Maurice Barrès（1862－）少時師 Stendhal，作小說曰「自我崇拜」（Le Culte du moi），分為三部，純屬個人主義思想。後忽轉變，九十七年作 Les Déracinés，宣揚民族主義。甚為當世所好，遂被選為法蘭西學會會員。

Joris-Karl Huysmans（1818－1907）初持自然主義，轉入頹廢派，終歸密宗。十九世紀後半歐洲文藝變遷之跡，備於一身。唯所著作，則雖屢屢轉化，而現代之悲觀仍在。蓋其銳敏之感覺，對於庸愚猥瑣之人生，憎恨者深。書中主旨，即此人生之睏倦。始唯實寫其狀，後求脫離，乃轉向宗教，故以舊教信徒終也。

Huysmans 最早仿 Baudelaire，作散文詩集曰「香合」（Le

drageoir aux epices）。後奉 Zola 說，於一八七六年作小說 *Marthe，histoire d'une flle*，實寫倡女生活，至極真率。時尚在 Zola 著 *Nana* 前，揭發人生昏暗，亦更強直，坐是為政府所禁。自序有云，吾就所見所感所經歷者，書之。吾盡吾力之所能及者，書之而已。此言並非辯解，唯以表示吾治藝術之目的耳。爾後所著，多本此意。在 Zola 派中，猶為最烈，反對者至加以獸性自然派之名。至八十四年，作《顛到》（*Àrebours*），其傾向乃始一變。

　　Huysmans 寫人世俗惡，非如 Zola 志存救濟，亦不及 Maupassant 能以冷靖處之，故由憎惡而入絕望。《顛到》始作，是其轉機。欲於無可奈何中，得自遣法，於是復歸 Baudelaire 一派。書中主人 Des Eseeintes 公爵造「人工之樂園」，以避世擾。顛到事物，享官能神思之樂，聊保生存意識，甚足代表頹廢派心情。九十年作 *Là-bas*，創精神之自然主義（Naturalisme Spiritualiste）。言 Durtal 心靈之變化，初欲於 Diabolism 得安住地，終不能至。乃復上行，歸於基督教。《道中》（*En route*），*La Cathédrale* 諸書，即說此事。唯別無結構，又多涉宗教象徵，幾不復與小說相類矣。

五　英國

　　英國文學，自千八百三十年至十九世紀末，稱微多利亞時代（Victorian Age）。傳奇派作者，太半逝去，唯 Wordsworth 尚存，亦少有著作，故舊派勢力，頓然衰歇。Charles Lyell 之《地學淺釋》既出，科學知識，漸次播布。至 Darwin 作《種源論》，明進化之理，當世思想，大蒙影響。於人生觀念，亦生遷變，唯不至極端之決定論，故自然主義，不能興盛。雖有小說家實寫世相，亦頗有檢束，不如法國諸家直抉隱微。唯愛爾蘭人 George Moore 作《優人之妻》（*A Mummer's Wife*）等，為純自然派，然其書出版已在二十世紀初矣。

　　英國文學素以詩歌著，微多利亞時代亦然，Tennyson 與 Browning 為之代表。二人思想文章，各不相似，唯樂觀則同。Alfred Tennyson（1809 － 1892）隱居不出，專事著作。後封為桂冠詩人（Poet Laureate）。其樂天思想，散見於詩，而在 *Idylls of the King* 為最顯。詩十二章，取材於威爾士傳說，敘 Arthur 王興亡始末，以寓官能與性靈之戰。Arthur 之來，辟山林，驅禽獸，建立王國。終以後 Guinevere 與 Lancelot 之愛戀，家國並墮，舉世復「返於禽獸」。蓋 Tennyson 取進化說，而歸其因於靈智。人有體魄，與禽獸相接。

又具性靈，則與神明通。唯以性靈主宰體魄，乃能自奮於人生向上之道，如或不慎，輒至敗亡，唯性靈永在，終有上進之趨勢。故詩言 Arthur 負傷，遁走 Avilion 仙島詩曰，吾去，但不當死。而其人生之格言，則曰：

Move upward，working out the beast. —— *In Memoriam*

此即 Tennyson 對於人世之樂觀。蓋合進化學說，與神祕宗義而一之者也。

Robert Browning（1812 － 1889）之詩，以難解稱，蓋意主獨創，語又簡括，故大抵隱晦。*Pippa Passes* 一詩，為其著名之作，可窺見樂天思想。Pippa 為繅絲工女，終年勞作，唯元日得暇。因遊行村野間，喜笑歌吟，聞者各得妙解。惡人變行，懷疑斷望者，悉復堅定。詩中一節云，歲為春日，日為清晨，晨在七時，露盈山麓，天鷚展翼，蝸牛在棘，神居天國，世界萬物各得其所。為全篇精神所在。雖後世誤會以為任天，然本意實主努力，靈性不滅，得望永生。人世第為試驗之場（Probatio），善惡並存，各有其用。人當努力享樂，向善辟惡，並即以助性靈之上達。世間事物，悉由神意，努力向上，亦神意也。Browning 夫人名 Elizabeth Barrett（1806 － 1861），亦能詩。有《蒲陶牙人之歌》（*Sonnets from the Portuguese*）四十三章，最有名。又長詩 *Aurora Leigh*，用韻文記少女半生經歷，似自敘也。

　　Tennyson 與 Browning 處理智主義時代，獨能於希望信仰中，得所安住，甚足代表英人莊重之氣質。唯不滿現世，懷疑苦悶，或欲高蹈避世者，亦多有之。Matthew Arnold（1822 － 1888）承先世之教，少而信道。後入 Oxford 大學，值理智與信仰之衝突，起「Oxford 運動」。J.H.Newman 提倡純信，欲以補救。而 Arnold 終失其信仰，蓋感情之要求，不敵理智之決斷，故其詩多懷疑之音。Arthur Hugh Clough（1819 － 1861）為 Arnold 同學友，詩風亦相近。二人俱懷疑，而不至於自棄。其堅忍之態度，頗有斯多噶派（Stoicoi）流風，然其悲哀，亦因以愈深矣。James Thomson（1854 － 1882）幼喪父母，歷諸困窮，又稟遺傳，以縱飲卒。作詩多極悲觀，與義大利之 Leopardi 相似，譯其文集行世。所作詩集日「幽夜之市」（*The City of Dreadful Night*）最有名。世稱英國唯一之悲觀詩人。

　　英國高蹈詩派，自稱 P.R.B.（Pre-Raphaelite Brotherhood）。一八四八年頃有畫家三人，初立是會，以革新繪畫為旨，後二年刊雜誌日「寶玉」（The Germ），始涉文藝。Rossetti 為創始三人之一，兼通文學美術，為之主宰，一時文人景附，如 Morris 及 Swinburne，皆其傑出者也。其先英國繪畫，皆以 Raphael 為宗。Rossetti 等力欲脫離，復歸單純，求模範於中世。其說轉入文學，乃成「驚異復生」與

仰慕中古之現象。昔之傳奇派，好奇尚美，僅由自然之感興，今則別有寄託，欲假理想世界以逃現實，所以不同也。Dante Gabriel Rossetti（1828 － 1882）本義大利人，隨父亡命英國，遂不復歸。故其藝術，亦本義大利。女弟 Christina Georgina Rossetti（1830 － 1894）亦能詩，與 Browning 夫人齊名，著有《鬼市》（*The Goblin Market*）等詩集。

　　William Morris（1834 － 1896）事繪畫建築，兼治詩文，多取材於北歐。譯有伊思蘭傳說，及希臘羅馬古代史詩數種。所作詩以《樂土》（*The Earthly Paradise*）二十四章為尤最。詩仿 *Canterbury Tales*，言有眾航海，求樂土避疫。乃抵西方一島，希臘逸民所居，留一年，互述故事相娛樂。自序言意欲俾人在藝術中，得暫時之安息。唯人世實相，終亦不能盡忘，故其後散文著作，漸有社會主義思想，如《虛無之鄉》（*News from Nowhere*）一卷，即其代表。仿 *New Atlantis* 等書而作，文章亦仿中世，特甚樸雅。

　　Algernon Charles Swinburne（1837 － 1909）亦屬 P. R. B. 派，唯其詩思多本希臘。又慕自由，深惡政教之束縛人心，與 Shelley 相似，時有反抗之音。一八六六年《詩集》（*Poems and Ballads*）出，一時毀譽紛紜，蓋其異教思想，頗與世俗違忤，故眾多不滿。唯稱之者亦極眾。所著詩劇頗多，有 *Anactoria* 一卷，本 Sappho 遺詩「Eis Eromenan」一

章，推演其意而成，亦特優勝，唯自序言則以為未能得其
十一也。

六　又

微多利亞時代小說，Dickens 著作最有名。Charles Dick-
ens（1812 － 1870）出身貧賤，多歷困苦，故大抵寫下層社
會情狀。對於他人苦樂，特有同情，希望光明，亦因之而
起，唯旨在勸戒，於人生問題，別無見解，描寫世相，或涉
誇張，禍福因緣，多非自然，有 Melodrama 之風，為論者所
不滿。其特長蓋在滑稽（Humour）中間復悲憫之情，故甚能
動人，書之風行一世者亦因此。所作凡十三種，*David Cop-
perfeld* 稱最，中敘 David 幼時苦境，多據己身經歷為本，故
特深切。*Nicholas Nickleby* 與 *Oliver Twist* 次之。*Pickwick Pa-
pers* 記村市情狀，多極詼詭，蓋為新聞記者時，巡行各地，
所聞見也。William Makepeace Thackeray（1811 － 1863）作
小說，以諷刺名。Dickens 所寫多貧賤生活，人物又率異常，
非至愚極惡，則慈仁神聖，亦世所希有。Thackeray 記中流
以上社會情狀，又只是日常言行，而以諷刺之筆出之，發幽
揭短，頗與寫實派小說相近。唯每下斷語，直接披示其意，
有十八世紀 Fielding 時餘風，與法國自然派之客觀小說迥異

矣。Thackeray 作書六種，其二為歷史小說，言女王 Anne 時事，社會小說四種，以 *Vanity Fair* 為最勝。

George Eliot 本名 Mary Ann Evans（1819 — 1980），受當世懷疑思想影響，譯 Strauss《基督傳》。自言神明義務，靈魂不滅三事，皆所不信，故多奇行，不為宗教法律所羈。人生觀則以利他主義為本，以為人唯去自利之心，乃能使人世進於和平安樂。所著小說，多寓此意，*Silas Marner* 其最著者也。同時女小說家，有 Bronte Sisters 亦有名。Charlotte Bronte（1816 — 1855）最長，著作亦最多。Emily（1818 — 1848）作 *Wuthering Heights* 一卷，發表情緒，至為真摯，非餘人所及。

英國十九世紀小說，雖多寫現世，屬 Novel 一流，而 Romance 故未絕跡。Scott 以後，為歷史小說者尚多，Thackeray 之 *Esmond*，及 Eliot 之 *Romola* 皆是。Charles Kingsley（1819 — 1875）作 *Hypatia*，記五世紀時東羅馬事，含傳奇趣味益多。一八八三年 Robert Louis Stevenson（1850 — 1894）作《寶島》（*Treasure Island*），遂達其極，所記仍不外荒島藏金，海賊械鬥諸事，而一經煉冶，別具特色。蓋 Stevenson 文才優勝，又性好述異，非由造作，故其多自然之趣。Henry James 謂為有「永久童性」。所撰《兒歌集》（*Child's Garden of Verse*），特具神韻，正亦因此也。

George Meredith（1828 － 1909）與 Hardy 並稱現代小說大家，唯 Hardy 悲觀人生，Meredith 則頗有樂觀。故所諷刺，大抵人間一部之惡德，而非人生全體。描寫人物，至極精妙，又富於滑稽，故為世所重。唯文章簡勁，如 Browning，亦以難解稱，所著小說中，《利己家》（*The Egoist*）一書最有名。

Thomas Hardy（1840 －）本土木工師，轉而治文學。詩歌短篇以外，有小說十四種。自分為三類，一曰技工小說（Novels of Ingenuity），二曰傳奇小說（Romances and Fantasies），三曰性格與境遇之小說（Novels of Character and Environment）。唯差別多在形式，意旨則無大異。Hardy 之人生觀，蓋近於 Schopenhauer 一流厭世哲學。以為自然不仁，每引人入於憂苦。而人間社會，復以因襲之禮法，助之為虐，假罪惡之名，驅迫個人，至於極地，人生悲劇，所以眾多。第三類小說，申明此義，尤極顯著，*Tess of the D'Urbervilles: A Pure Woman* 與 *Jude the Obscure* 皆是。*Tess* 一書，為 Hardy 傑作，敘 Tess 以自然之過失，為社會所迫，陷於不幸。始於離棄，終犯刑法，以至滅亡。*King Lear* 劇中云，神殺吾儕以為戲，如頑童之殺蠅。Hardy 亦於書末綴言曰，公道（Justice）已申，神明之君，對於 Tess 之戲弄，亦已了矣。Hardy 對於自然與人生之意見，略與決定論相

世人誤解，亦正相同。Friedrich Nietzsche（1844 － 1900）初治古文學，為大學教授。漸覺舉世混濁，迫壓個性，共趨於下，因發憤著書。據進化之理，更定道德，創超人之教，所著以 *Also Sprach Zarathustra* 一書為最有名。文體仿聖書，立意高邁，文復樸雅饒詩趣，為德國近時散文名著，世遂多稱之為哲學詩人也。Nietzsche 思想，蓋本達爾文歸納之說，與一己演繹之思索而成。以為人類由動物演進，故可更努力漸進，達於至善。以人為進化之中程，非其極致，故人之所以可貴者，非以今為人故，乃以他日將進為超人故也。Zarathustra 曰，「吾語汝超人（Ubermensch），人者，所超者也，而汝曾何所為以超之耶。萬物莫不創造於其外，而汝乃欲為大海之退潮，願復返於禽獸而不欲超人耶。」又曰，「人猶一繩，縣於禽獸與超人之間，猶一繩在深淵之上也。欲度固危，若反顧顫慄止步，亦危矣哉。至於超人之出，蓋有二途。如 De Vries 之偶變說（Mutation Theorie），時忽一現，而為英雄，若那頗侖等是。又或如達爾文進化說，積漸而至，於人類外別成一種。」Nietzsche 之所希者蓋在此。其言有曰，「汝毋以所從來為貴，但當視汝之所之。汝毋反顧，但當前望。汝其永為流人，去父母先人之地。汝當愛汝子孫之地，即以此愛為汝光榮可也。」此與 Francis Galton 之善種學說（Eugenics）甚相似。綜其方術有四，一定婚制，二

興教育，三聯合歐洲，四廢基督教。Nietzsche 又本進化論說道德，謂善惡無定，隨時而變。今求獨立自強，亦當重定道德，以利生存進取者為善，否者為惡。故於基督教之他利主義，特甚憎惡。唯其主張堅卓，但自為計，而非以強暴陵人。德人 Ludwig Lewisohn 曰，世人想像，每以超人為一偉美之野人，跨奴隸之頸，此大誤也。依 Nietzsche 說，爾時人人皆為超人。不適於生者，久已不見。正如達爾文所說，過去世間，甚多生物，今俱自歸於消滅也。Nietzsche 憤世嫉俗，又以身世關係，說反動之哲學，與 Rousseau 之講學極相類。Rousseau 欲復歸自然，解放個性，Nietzsche 則進而主張自我積極之發展。其現世思想，於近代文藝，至有影響。一九一三年 Bernhardi 將軍著《德國與次一戰》，引 Nietzsche 之言為題辭。世人對於超人思想之誤會，乃益深矣。

德國自然派小說有二類，一為傾向派，一為純自然派。少年日耳曼時代，Gutzkow 創傾向小說，Spielhagen 與 Freytag 承之，至十九世紀後半，著作尚多。自然主義既入德國，遂合為一，Wilhelm von Polenz（1861 — 1909）之 *Der Büttnerbauer*，其代表也。Büttner 家世業農，力守先疇。以社會經濟制度不良故，漸見損敗，終鬻其田。臨售，猶欲一耕為快。雖意在寫實，而為書中旨趣拘束，發展不能自然，是為此派通病。Georg von Ompteda（1863 —）著 *Sylvester von Geyer*，較能調和，漸與純自然派近矣。

　　Hermann Sudermann（1857 －）與 Hauptmann 並稱現代
文學大家，其著作亦與傾向派相近。所描寫者，非僅人世跡
象，大抵與道德問題有關。敘個人與社會之衝突，求得解決
之法。其意以為世無絕對之道德，但隨時勢而生變化。唯
緣個人思想與社會因襲，趨勢不能一致，於是遂多衝突。
一八八七年作 *Frau Sorge*，頗懷悲觀，以為反抗服從，兩無
所可。次作《貓橋》（*Der Katzensteg*），乃主張積極反抗，與
不正之社會奮鬥。又作劇本，亦多此類。《故鄉》（*Heimat*）
一篇，最有名，言女子解放問題，蓋頗受 Ibsen 感化，與彼
作《傀儡之家》（*Et Dukkehjem*）相似也。

　　純自然派之名，對於傾向派而言，與法國作家又有異。
Clara Viebig（1860 －）著《日糧》（*Das tagliche Brot*），寫
貧民生活，而多有同情，無自然派之冷淡。Gustav Frenssen
（1863 －）繼 Keller 等後提倡鄉土藝術（Heimatkunst），幾
近傳統主義。唯敘記甚樸實，故歸之自然派而已。Thomas
Mann（1875 －）著 *Buddenbrooks* 十一篇，敘一家族之興亡，
以遺傳境遇，為之根本，描寫亦純用客觀，為自然派中傑
作。其兄 Heinrich Mann（1871 －）亦有名，師法 Flaubert，
而思想則近頹廢派。Arthur Schnitzler（1862 －）本維也納醫
師，亦著小說，尤以戲曲名。

Gerhart Hauptmann（1862 －）作曲甚多。一八八九年始作《日出前》（*Vor Sonnenaufgang*），為自然派劇先驅，至《織工》（*Die Weber*）而極其盛。九十六年作《沉鐘》（*Die Versunkene Glocke*），轉入新傳奇派，後雖復歸於自然派，唯別無名世之作。沉鐘象徵之意，說者紛紜，未能一致。或以為代表新舊道德之交代，鐘師 Heinrich 以舊鐘既沉，乃藉精靈之助，別鑄新者，未能成就。又聞沉鐘鳴於淵，心復搖動，於是遂敗，說較明顯。此外作者甚多，Frank Wedekind（1864 －）最特出。九十一年作《春醒》（*Frühlings Erwachen*）一篇，尤為世所知。

德國新派詩歌，興於一八八五年。Michael Georg Conrad 刊雜誌曰「社會」（*Die Gesellschaft*），述 Zola 學說，Karl Bleibtreu 繼其後，作《文學革命》一文，提倡現代主義（Modernism）之文學。集同派詩人著作，刊布之曰「少年德意志」（*Jung-deutschland*）。Hermann Conradi（1862 － 1890）為序，言詩人天職，在為人生導師，吟真摯之歌，以攖人心，使生為焰。Arno Holz（1863 －）亦少年德意志派詩人之一，所作尤勝。八十六年出詩集曰「現在之書」（*Buch der Zeit，Lieder eines Modernen*），有云，「今之世界，已非古典時代，亦非傳奇時代，但為現代而已。故詩人亦應自頂至踵，無不現代也。」Conradi 後受 Nietzsche 影響，傾心於

超人思想。Holz 初立自然主義，作詩多民主精神，自稱傾向詩人（Tendenz Poet）。後乃主張直抒印感，唯重自然節奏，廢絕聲韻，當世稱之曰電信體，又為象徵派先驅也。

　　德國寫實派詩人，最有名者曰 Detlev von Liliencron（1844 － 1909）。此寫實派之名，但對傳奇派而言，與法國客觀詩派復異。Liliencron 本陸軍大尉，屢經戰陣，後退職專治文學。對於人生，頗懷樂觀。以努力奮鬥，自求滿足為主義，蓋亦有超人之思想。唯其格言，一曰前進毋反顧，而其一又曰自制。則雖主及時行樂，而又以不侵人之權利為界者矣。

　　Richard Dehmel（1863 －）與 Liliencron 為友，主張自我之滿足，亦受 Nietzsche 感化。唯 Nietzsche 之說，在俟超人出現，非為個人幸福計。Dehmel 則以現代為的，又以為神人合一，萬物皆備於我，人唯能充滿其生，斯能本己得救，即亦以救世界。如所作《二人》（Zwei Menschen），即宣說此意，頗近神祕思想。Dehmel 自稱 Nietzsche 之徒，而對於人間辛苦，又甚有同情，故其詩頗見社會主義傾向。「Der befreite Prometheus」一詩，言 Prometheus 睹人世惡濁，因生悔恨欲毀滅之。有二人者，本是仇讎，是時乃互相助，與自然之力抗爭，Prometheus 見之遂止。讚揚人群之大愛甚力，Dehmel 詩有云，Die liebe ist befreiung，蓋足以代表其思想矣。

八 義大利，西班牙

義大利十九世紀後半文學，以 Carducci 與 D'Annunzio 二人為代表。傳奇主義既衰，著作雖多，僅餘形式而無精神，遂見反動，Carducci 之新古典派最有力。Giosue Carducci（1835 ─ 1907）少承家學，深通古代文學，故其詩宗羅馬，而思想則古代異教精神也。嘗云，「言政治則先義大利，言藝術則先古典詩歌，言生活則先真率強健。」蓋傳奇派仰慕中古，所尚者為北人之封建制度及東方之基督教，並與羅馬民族不能投合，故務欲排而去之。唯古昔神話詩歌，實為國民精神所在，則闡發唯恐不力。然其詩亦非專事模仿，故與十八世紀著作又有異。愛重人生，力求自由享樂，反抗外來之迫壓，純為現世主義，與近代人之思想故復一致也。所著以《蠻荒之歌》（*Odi barbare*）一卷為尤最。新古典派詩人甚多，Giovanni Pascoli（1855 ─）最勝。少歷困窮，因傾心於社會主義，宣揚慈惠和平之教，有傾向詩人之名。唯頗樂觀，以為世有憂患，乃能使人生精進，遠於禽獸。同抱社會主義而傾向悲觀者，有 Arturo Graf（1844 ─），為 Turin 大學教授，受唯物思想影響，遂轉入厭世，較 Leopardi 尤甚。Leopardi 以死為永息，而 Graf 則信物質不滅，以為雖死而不亡，斯即不能死，故亦無由能得安息也。

　　純自然派之詩，有 Olindo Guerrini（1845 －）作 *Postuma di Lorenzo Stecchetti*，以法國詩人為師法，唯其勢不張，不能如 Carducci 派之盛也。

　　Gabriele D'Annunzio（1864 －）少時讀 *Odi barbare* 及 *Postuma*，深受感化，學為詩。一八七九年出集曰 *Primo Vere*，格調完美如 Carducci，而精神則近 Guerrini，蓋 D'Annunzio 之異教思想，並不服道德之羈索，更進於 Carducci 也。其詩風初屬自然派，後乃轉為尚美。以享樂為藝術人生之終極，故凡所著作，意在言美，非專以表現人生，文詞極瞻麗，而思想少見變化。小說中主人，大抵頹廢派中人物，又受超人思想之感化者。然南歐藝術之精華，與現代人心情，具見於此，故為可重也。著有詩曲小說甚多，《死之勝利》（*Trionfo della Morte*）為《薔薇小說》之第一篇，最有名。

　　自然派小說初創於 Luigi Capuana（1839 －），至 GiovanniVerga（1840 －）而大成。其客觀描寫，純以 Zola 為法，唯多敘鄉民日常生活，不專重黑暗一面。有《惡意》（*IMalavoglia*）一書最勝，敘漁人販大豆，舟覆，長子死焉，而索豆值者甚急，乃貨其居以償之。Verga 熟知故鄉漁人生活情狀，故言之極懇摯。Matilde Serao（1856 －）著小說亦有名，與 Ada Negri 並稱義大利女文學家也。

Antonio Fogazzaro（1842 — 1911）初為唯物思想所動，頗懷疑，終乃復得信仰，歸於宗教。故所作小說，亦多光明希望。唯意在宣傳義旨，敘述情景，每依主觀造作，失自然之致。如 *Daniele Cortis* 一書，言 Elena 棄絕私愛，從夫於美洲，顯揚克己之美德，最足見其思想。第以文藝論，未為具足耳。千九百六年作《高士》（*Il Santo*），寫理想之道德生活，與《死之勝利》中 Giorgio Aurispa 行事正反。羅馬法王收入正教書目，尤為世間所知。蓋 Fogazzaro 實為基督教思想之代表，與 Carducci 等之異教思想，適為反對也。

西班牙現代文人，Juan Valera（1827 — 1905）最著。初治法律，後為外交官，歷任美奧比利時諸國公使。作《神火》（*El Fuego divino*）等詩集，尤以小說得名。*Pepita Jimenez* 一書最佳，論者以為西班牙新小說之發端也。又有 Benito Perez Galdos（1845 —）著作甚多，約可分三期。初作歷史小說，寫當代政治戰爭事，總名《國民逸聞》（*Episodios Nacionales*），計二十五卷。次作 *Dona Perfecta* 等，轉而言信仰問題。終乃寫民間日常生活，純為寫實派作矣。

Leopoldo Alas（1852 — 1901）與 Armando Palacio Valdes（1853 —）共刊雜誌，傳佈法國自然主義。唯 Alas 意主調和，Valdes 則純以新派為師法，故稱西班牙自然派之第一人。Quiroga 夫人本名 Emilia Pardo Bazan（1851 —），著

小說甚多，有名於世。一八八七年作 *La Madre Naturaleza* 最勝。

Jose Echegaray（1832 － 1916）初治數學及經濟，六十八年革命時，為臨時政府閣員。後轉入文學，多作戲劇，顛到其姓名以自號，曰 Jorge Hayeseca。所作凡五十餘種，*Mariana* 最有名，英人 William Archer 稱之為 *Romeo and Juliet* 後之佳作。又有 *Hijo de Don Juan* 言遺傳問題，蓋受 Ibsen 影響而作，與《遊魂》（*Gengangere*）一劇，可彷彿也。

九　俄國

十九世紀後半俄國文學，稱 Gogolj 時代。文人輩出，發達極盛，影響於他國者亦甚廣大。北歐思想本極嚴肅深刻，雖易墜悲觀，而情意真摯，無遊戲分子，實為特采。俄以政治關係，民生久歷困苦，陰鬱之氣，深入於人心。發為文學，自多社會之傾向，屬於人生藝術派。至 Tolstoj 著《藝術論》，此義愈益昭著，為人道主義文學所由起，而其首出者則 Gogolj 也。

Nikolaj Gogolj（1809 － 1852）本 Malorossia 人。初作《田村之夜》（*Vetchera na Khutorje*）二卷十二篇，言故鄉情事。富於諧謔，又多涉神怪，有傳奇派流風，而描寫不離現

質，為法國自然派所少見。一日滑稽（Humour），一日寓意
（Moral）。蓋 Gogolj 見人世種種刺謬，每不禁嘲笑之情，而
又悲憫世間，謀欲拯救。合是二者以成書，故外若詼詭，中
則蘊蓄悲哀，並深藏希望也。又有喜劇《結婚》（*Zhenitiba*）
一篇，善表現斯拉夫族之惰性（Inertia），不僅以寫實見長。

　　《死靈魂》上卷十一章，以一八四六年刊行，原名
「Tchitchikov 旅行記」（*Pokhozhdenije Tchitchikov*）。言 Tchit-
chikov 遊行鄉邑，訪土田主，收購死亡農奴之名，籍而徒之
邊地，將以質諸國立銀行。當時蓋曾實行之者，旋事敗被
捕。Gogolj 假其事為小說，寫奴制未廢時社會情狀。農奴
境遇，固極慘苦，而田主習於遊惰，漸就衰頹，上下交困。
Puschkin 讀而嘆曰，「悲哉俄羅斯之國。第 Gogolj 別無造作，
所言並誠，皆單純而可恐之真實也。」描畫人物性格，尤極
微妙。如 Manilov 之庸俗，Korobotchka 之愚狡，Nozdrev 之
無賴，Sobakevitch 之鄙倍，俱非凡手所能，而寫 Tchitchikov
尤勝。Kropotkin 論之曰，「人言 Tchitchikov 為俄國特有之性
格，實則不然。吾輩殆隨在遇之。此實人間共通之儀型，不
為時地所限，唯應時地之要求，略易其外貌而已。」Gogolj
亦云，讀者或平旦自省，問究能無 Tchitchikov 分子在乎。
故其書雖一時之作，而實含溥遍之性質，與凡諸世界名作相
同。Gogolj 雖寫實，唯多滑稽，故時或近誇。又含教訓，故

多加案語，如《死靈魂》末章，則純為論議，自表其意見，亦正可為其理想派小說之宣言也。

十九世紀中葉，俄國厲行文禁，《死靈魂》上卷雖以大力周旋，得許刊行，唯售後即禁再印。Gogolj 作下卷垂成，意忽中變。以為愛國之士，不當暴祖國之惡，前此著作，皆為罪業，因自懺悔，歸依宗教。一夕悉焚其稿，後人就草本中錄而刊之，多斷缺不定，不能與上卷比美矣。

Ivan Goncharov（1812 — 1891）本商家子。作小說重客觀，稍近藝術派，故俄之論者多非之。唯此僅著作態度而已，若以其精神，固不與人生相離異。著作中最有名者為 *Oblomov*，寫農奴時代國民之惰性，一時社會驚悚，各以 Oblomovshchina 相警戒，影響之大不下《死靈魂》也。Oblomov 生長於安富尊樂之中，喪其活動之能力，雖有理想而無實行，即以 Oliga 之精誠愛力，亦不能救。終復歸於潛蟄生活，披衣趿履，盤桓一室之內，以腦充血卒。此在俄國當時，固由民情時勢結合而成，唯富厚之餘，必見流弊，事悉如此，不僅一時一地為然。*Oblomov* 一書，具有永久之價值，亦正以此也。

Ivan Turgenjev（1818 — 1883）系出名門，受高等教育。Gogolj 卒時撰文悼之，為政府所忌，將遭戍，賴有營救者，得減為拘束，幽居鄉里者年餘。及解免，乃移居巴黎。著作

亦含社會傾向，唯受法國文學影響，構造特甚精善，為俄國文人之最。十九世紀上半，斯拉夫國粹派勢方張，以 Turgenjev 崇西歐文化，斥為不愛國，而非其實。Turgenjev 居異國，思鄉甚苦，嘗一歸省，睹國內種種不幸，不能安居，復入法國，遂不復返。所作小說，極藝術之美，不如法國自然派之專言人生暗黑，而亦不離現實。寫人情世相，至為真切，Brandes 論之曰，Turgenjev 悲觀而復愛人，故文情特富美。又多閱世故，既不如法國文人流於玩世，亦不如英國之喜言教訓。凡所敘錄，皆為常事，不涉奇異，或近穢濁。大抵以貧苦怯弱，心意不固，頹唐無聊之生活為主材，寫其內心之悲劇。唯與 Dostojevskij 又有異。Dostojevskij 言顯著之罪惡憂患，而 Turgenjev 則言不幸者隱默之悲哀也。

　　Turgenjev 初作《獵人隨筆》（*Zapiski Okhotnika*），記其遊獵見聞之事。描寫物色人情，均極美妙，對於農奴之困苦，尤有同情。論者比之美國 Stowe 夫人之 *Uncle Tom's Cabin*，其影響亦相同，唯以藝術論，則《獵人隨筆》為更傑出。文主寫實，不露教訓之意，而文情俱勝，自能動人，如 Sutchok 及 Vlas 諸事皆是。又有「Mumu」一篇，雖不在《隨筆》中，而性質相類，寫 Grasim 隱默之悲哀，尤足當 Brandes 評語也。

　　《獵人隨筆》以外，Turgenjev 作短篇小說，可四十種，

皆稱佳作，而「Jakov Pasynkov」，《薄命女》（「Nestchastna-ja」）等又為最勝。尤以長篇著作得名，其尤者為 *Rudin*，《父與子》（*Ottsy i Djeti*），《貴人之巢》（*Dvorjanskoje Gnezdo*），《煙》（*Dym*），《新地》（*Nov*）等。

　　Rudin 作於一八五五年，時 Hegel 唯心論方盛行，俄國少年亦大受影響，Rudin 者即其一人。懷高尚之理想，其言甚美，而實行不足相副。蓋本質猶是 Oblomovshchina 之流風，而時代精神，亦有以成就之也。Rudin 以言談得 Natalija 之愛，而復不能踐言，棄自由之說，而更勉人以從順。終乃漂流至法國，死於二月革命之巷戰。其意志不堅，為斯拉夫人通病，唯懷有熱誠，已視 Oblomov 稍進矣。

　　《父與子》為 Turgenjev 最有名著作，寫六十年頃新舊思想衝突之事。當時唯物思想漸漸之興盛，學者多去 Hegel 而就 Büchner，奉《力與質》一書為典要，凡講學皆以求誠致用為歸宿。對於從來傳襲之禮法，悉不信任。唯征之學術而信，施於社會而有利者，始為可取。Bazarov 即此派代表，與 Kirsanov 兄弟相對抗。然終惑於 Odintsova 夫人，不能竟其志而卒。此書出後，世論紛然，「父」「子」兩世，悉起攻擊，Kirsanov 一流，固怒其揭發隱覆，少年則以寫 Bazarov 近於諷刺，亦不能平。Turgenjev 力自申辯，誤會愈甚。至近時據所作「Hamlet i Don Quixote」一文，始明其理。Turgen-

jev 以此二者為人性代表，論其短長，不得不右 Don Quix-
ote，唯一己性情，又實與 Hamlet 近，故愛 Hamlet 而復重
Don Quixote。見諸著作，則寫 Rudin 之短，猶可得人憐宥，
寫 Bazarov 之長，乃更使讀者不滿，正緣性情各異故爾。《父
與子》為言俄國虛無主義最早之書，虛無論者（Nihilist）之
名，亦始見於此，故世人特甚重之。

　　Turgenjev 又有散文詩一卷曰 *Senilia*，蓋多晚年作，故
名。辭意精煉，可與 Baudelaire 相匹，又能窺見其思想感
情，至足珍貴。如《自然》一篇，言人蟲等視，生殺時行，
一無偏倚，厭世思想，不亞 Leopardi。及讀《乞食》則愛憐
人類之意，又自顯著。《故鄉》諸篇，所以寄愛國之思。卷
末《閾上》一章，讚美革命事業，至極懇摯，Turgenjev 之本
意，於此可見也。

　　Fyodor Dostojevskij（1821 － 1881）初習兵工，為陸軍
少尉，自請退職，致力於文學。以《苦人》一書，得 Nekra-
sov 賞譽。四十九年以革命嫌疑為政府所捕，並其同伴
二十一人，俱定死刑。臨刑，忽有旨減等，發西伯利亞為苦
工四年，又充軍役六年，始得釋。Dostojevskij 神經素弱，
數被重枚，後遂顛癇。工作之餘，唯讀聖書，久之思想亦漸
改。昔之社會主義，已不復存，轉為基督教思想。服從政府
教會，宣傳愛之福音以救世。其著作思想，與 Turgenjev 正

反。蓋 Turgenjev 主虛無說，因生悲觀，Dostojevskij 則重信仰，以為神人合一，故多樂觀。又一崇歐化，一則國粹論者，故二人意見素不相合也。

　　Dostojevskij 歸國以著作自給，境遇窮迫，故文字不甚修飾，晚年始稍裕。六十一年作《死人之家》（*Zapiskiiz Mertvogo Doma*）記西伯利亞獄中事，悉據本身經歷，故言之甚詳實，為生平傑作。又有《罪與罰》（*Prestuplenije i Nakazanije*）者，亦極有名。爾後所作，如 *Bratya Karamazovy*，《白痴》（*Idiot*）等，皆冗長，又述病苦，逾於常軌。蓋 Dostojevskij 精神本異常，並見之於文字，身心健全者，每不能與之諧合。如《白痴》亦 Dostojevskij 名著之一，假 Myschkin 自表其意，而 Kropotkin 乃云未嘗能讀之終卷，即其一例也。《罪與罰》敘少年學生曰 Raskolnikov 者，迫於境遇，又受唯物思想影響，破滅道德之束縛，殺二老嫗，欲盜其貨而未得。後以 Sonja 之化，懺悔自首，遣發西伯利亞，Sonja 亦與偕。向上之精神生活，於是復始。Dostojevskij 愛之福音與其樂觀，皆於此傾注無遺蘊，書以宣示義旨，故描寫不能專據客觀。唯由熱誠深愛，乃能造成真摯之情景，令人感動，為力至偉。如 Marmeladov 家事，其最者也。Dostojevskij 屬國粹派，故以為西歐唯物思想，足以誤人，又隱然反對政治之革命。故論者於此，亦多不滿。蓋基督教義，本如 Nietzsche

所說，為弱者道德。今又推至其極，以生存為患，以苦痛為正，以忍受為善，欲遺人世而待天國，固未足為人生唯一之軌範。唯其宣傳愛之福音，使人知物我無間，所當泯絕界限，互相援助，則深有功於後世。又復能力行其說，克己為人，如《受難者》（*Unizhennyye*）書中 Vanja 之行，尤為難能而可貴也。

Lev Tolstoj（1828 － 1910）主張人道主義，與 Nietzsche 超人哲學角立，為近世思想二大潮流。Tolstoj 本伯爵，少時有志於外交，入 Kazan 大學，修東方言語。棄而學律，又不成。復至彼得堡，沾染時習，浮沉於社會者久之。其兄 Nikolaj 從軍高加索，招令往，乃去浮靡之社會，與自然生活接，大得感興。作《童時》（*Djetstvo*），《哥薩克人》（*Kazaki*），有文名。五十三年轉任苦裡米亞，時值俄法之戰，Tolstoj 自請守第四炮壘，戰極勇。作 *Sjevastopolskiye* 三卷，述戰爭之恐怖，世無其比，亦為後日非戰萌牙。此後旅行歐陸，過巴黎見執行死刑，復大感動。以為同類無相殺之權，無論以暴力或法律使人不得其死者，皆此殺人之罪，為主持廢止死刑之張本。六十一年農奴既釋，乃返故鄉 Yasnaya Poljana，建立小學，以教農民子弟。本 Rousseau 說，主張自由教育，自作教科書用之，有大效，而為政府所忌，旋被阻止。復治文學，作《戰爭與平和》（*Vojna i Mir*）及 *Anna*

Karenina 皆有名，Tolstoj 少受物質思想影響，不信宗教。年五十，乃感人生之空虛，尋求其意義而不可得，殆欲絕望自殺。漸復歸於信仰，始得安住，以協濟農民為務，是為第一轉機。八十一年，政府舉行統計，Tolstoj 請為助理，得遍觀墨斯科下層社會生活，知種種貧苦情狀。因復轉念，知昔日慈善布施，俱非根柢要計，而推本於貧富之不均，作《如之何》一書，詳論其事，是為第二轉機，即 Tolstoj 人道主義所由立也。Tolstoj 既以財產為諸惡之本，遂決意散財於民，躬耕自養，而為家人所梗，計不得行。欲潔身高隱，又不欲以一己故，使人傷心，與利他主義相背。因留不去，唯操作如田夫，不肯坐食。終以千九百十年十一月夜遁，得寒疾，寄宿中途小驛，至二十日卒。

　　Tolstoj 早年著作，純為藝術作品。其後轉入宗教，則不屑為文藝，唯藉作傳道之用，而文字故自精美。其人道主義，成立於第二轉機之後，唯此思想，實先已萌芽。如 *Sjevastopolskiye* 之非戰，《哥薩克人》之非文明社會，《田主之朝》（「Utro pomjeschtchika」）述 Nekhliudov 巡行村落所見，言田主之貪暴，與農奴之愚惰困窮，皆函微意。Anna Karenina 尤能兼二者之長，文情並勝，而作者義旨，亦得表示。所敘事跡，略與 Tchernyschevskij 之《何為》（*Tchto djelat*）相類。唯 Anna 與 Vronskij 後復以嫉妒相忤，又既與社會抗爭，而

復聽其褒貶，遂以悲劇終。卷首引「聖書」語作題詞曰，報復，吾事也，吾將償之。讀者往往誤會，以為 Anna 之死，乃天之報施，而 Tolstoj 意實不然。當時論者甚多，唯 Dostojevskij 得其旨。蓋此題詞，即基督言汝毋判人之義。意謂人之於人，不當相責，但當相恕。此慈悲之律，與 Tolstoj 思想正合，若云報復，則與前後言行俱相背，必不然矣。

　　Tolstoj 晚年甚薄文學，一意傳道。十九世紀末年，俄國民間盛行新教，稱 Dukhoborstvo，以愛人為旨，反對軍役及宗教儀式。政府力鎮壓之，而不能絕，終乃許信徒移居加那大，唯無資斧不能行。Tolstoj 因取舊稿續成刊行之，集所得金資為助，即一八九九年所著之《復活》（*Voskreseniye*）是也。基督教言世界末日，人將復活。Tolstoj 則假之以言精神之更生。Nekhliudov 誘 Katiuscha 而復棄之，女遂墮落，終以謀殺人，流西伯利亞。時 Nekhliudov 為陪審官，見之，復念前事，因悔悟，從之至配所，自贖其罪。Maslova 亦以此能自振拔，復歸於善。論者以比《罪與罰》之續篇，唯 Tolstoj 雖主張忍受，略如 Dostojevskij，亦兼取攻勢，對於社會制度，責難甚力。謂富者食他人之力，遊惰終身，貧者終年勞作，不足自養，陷於罪惡社會乃從而虐之，寧得為正。蓋依 Tolstoj 言，則人性本善，其有過失者，只因身心關係，或機緣合會而成。但為道德之病，而非罪惡，故當於刑法外，

別求療治之方。《復活》一書，即示此義。書雖以寄教訓，然又能與藝術相調和，故乃不失為文學之名著也。

　　Tolstoj 教義，大要分五項，一曰不抵抗，二曰不怒，三曰不誓，四曰不二色，五曰不責人。皆本基督十誡中事，而別加以解釋。聖書云，有批汝左頰者，更以右頰就之，為不抵抗主義之極致。唯消極之順受，更足以助長暴惡，故 Tolstoj 以毋以暴力抵抗為說。如農民被杖，固應忍受，法在使人人明理，無願為田主執杖者，則平和自可得。蓋 Tolstoj 詔人以不抵抗，亦並論人以不服從。人唯當服從其良知，外此更無權威，得相命令。世間最惡，實唯強暴。人以強暴相加，於己雖不利，而若以強暴相抗，則以暴敵暴，惡將更滋，故當無抵抗。逮人或迫我以強暴加諸人，則寧忍受其咎，而勿更助長其惡，故復取不服從也。Tolstoj 雖歸依宗教，唯其言神，含有泛神論傾向。以為良知即神，又以人類希求善福之心為神，別無超自然之說。嘗融會四福音書為《基督言行錄》，以神通奇蹟為後世造作，悉削去之。俄國教會以其破壞政教，斥為外道，於千九百一年宣告破門。而民間崇信，轉益深厚，其道流行亦益廣矣。

十　又

Tolstoj 後俄國文人輩出，為新興文學第二時期。Vsevolod Garschin（1855 － 1888）與 Tolstoj 同裡，多受其化。少習礦學，值俄土戰起，日見報章載戰地死傷人數，因悲悼無寧時。終至不能復忍，遂自投軍中，冀分受人世苦痛。所作《懦夫》（「Trus」）一篇，即寫此心情者也。後負傷歸，記所閱歷為《四日》等，寫戰爭之恐怖，與 Vereschtchagin 所作畫，並足為非戰之紀念。七十八年百九十三人之獄，Garschin 有摯友亦與焉，竭力營救，而友竟死。Garschin 少有心疾，至是大作，居狂人院中久之。爾後益傾於悲觀，終以八十八年，投閣而死。《紅花》（「Krasnyi Tsvjetok」）一篇，為其絕筆。言狂人心理，至足供學術之研究，文辭亦復精美。又含蓄義旨，以赤罌粟花為諸惡象徵，必忍死須臾殲除之為快，又可見 Garschin 之主義。後世稱之為 Tolstoj 之徒，當也。

Vladimir Korolenko（1853 －）本 Malorossia 人。初居墨斯科農學校，以政治犯罪，安置 Tomsk，又徙 Jakutsk，為西伯利亞極邊，七年後始得返國。平生抱人道主義，其所著作，亦多言人生憂患。《Makar 之夢》一篇最有名。Makar 生荒林中，拮据求活，衣食每不給。一夕醉夢，身死入幽

冥，Tojon 判其罪，將罰轉生為禮拜堂馬，Makar 乃自申辯，善惡之衡復轉。蓋 Korolenko 之意，以為人性本善，唯緣社會不良，個人為生計所迫，遂有過惡，若略跡而論，則人人平等，盜賊流亡，與賢人善士，同具性靈，別無差異，正與 Dostojevskij 所說同。又有《下流》一篇，自述兒時經歷，為世所稱。其人道主義思想，亦與他著一致。描寫自然之美，有 Turgenjev 之風又稍含滑稽，則似 Gogolj 也。

　　Anton Tchekhov（1860 — 1904）父本農奴，有才幹，以商起家，自脫其籍。Tchekhov 卒業大學，為醫師，多閱世故，又得科學思想之益，理解力極明敏。初匿名曰 Tchek-honte，作小品二卷，多詼諧之詞。至八十年後，時勢驟變，其作風亦隨轉，雖仍稍含滑稽，而陰慘之氣瀰漫篇中，故人謂 Tchekhov 所寫人生，皆呈灰色。爾時亞力山大一世被殺，二世繼位，用舊派之言，大行虐政。往昔革新之萌牙，摧滅無遺。舉國咨嗟絕望，而士流之頹喪尤甚，雖曾受教育，懷有理想，然為暮氣所中，終復合於流俗，浮沉度世，別無意趣。Tchekhov 著作，善能記此時情狀，以時代為背景，以國民性為主題，正如 Lermontov 之寫 Petchorin 或 Goncharov 之 Oblomov 也。Tchekhov 以短篇著名，論者比之 Maupassant，然亦僅技術相似，思想則復不同。Maupassant 純為客觀，又由唯物思想而厭世。Tchekhov 雖悲觀現世，而於未來，猶有

希望。所作劇中此義尤顯。著作計十六卷。短篇《鳴咽夢》，《可兒》（「Golubuschka」），及「Dva Volodja」等為最勝。又《決鬥》（「Pojedinok」），《農夫》（「Muzhiki」）諸篇稍長，亦有名。《決鬥》寫志行弱薄之少年，與 Rudin 相似。《農夫》則言鄉村生活，黯淡可怖，近於法國純自然派之作矣。

　　Maksim Gorjkij（1869 －）本 名 Aleksej Pjeschkov，以身歷憂患，故取 Gorjkij 自號，義云苦也。幼喪父母，育於外家。大父本一老兵，待之頗嚴，使從工師習藝，屢試不成。Gorjkij 乃逃去，為 Volga 商船廝役。始得見 Gogolj 著作，有志於讀書。至 Kazan，欲學，不可得。傭於餅師家，二年，復辭去。入游民之群，遊行各地，為種種工役商販以自給。間作小說，記浪游生活，投諸地方新聞。九十四年始為 Korolenko 所知，極力讚許，為揭載所作「Tchelkasch」一篇，自是遂顯於世。Gorjkij 與 Tchekhov 生同時，各能表現社會之一面。Tchekhov 多寫士流，Gorjkij 則敘游民言行，至極精微。蓋事多身歷，故非餘人所及，且亦性情相近，言之益復親切。游民生活，類極困苦，唯受者別無怨尤之辭。性重自由而敢反抗，恆不惜與全社會忤，以得一己快意。顧亦非暴棄放縱，營求自利。雖身在惡趣中，而內心常有希冀，欲解不可知之人生，求不可知之幸福。如《昔曾為人者》（「Byvschij Ljudi」），《心痛》（「Toska」）二篇，足為代

表。毀棄拘束，力求自由，又終無厭足，不知安住，是為游民之特質，足為國民惰性之藥石者。Gorjkij 實寫其狀，而復稍以理想化之，遂有人生戰士之風。蓋作者之理想人物，實為強者，能反抗之人，乃得之遊民中。故於士流之沮喪，則唾棄不屑道也。其前本有民俗小說家甚多。Rjeschtnikov 專主寫實，Uspenskij 等繼之，Grigorovich 作又偏於理想，寫農夫堅忍之德，頗近誇飾，Gorjkij 始能合二者之長，進於完善。所作有《Orlov 夫婦》（「Suprugi Orlovy」），《二十六人與一女》（「Dvadtsat schestj i odna」），《鷹之歌》（「Pesnya o Sokolje」）等最勝。《秋夜之事》（「Odnazhdy Osenju」）言 Natascha 之愛，悲愴而蘊藉，有 Dostojevskij 餘風。又有長篇小說及戲曲數種，然皆在短篇下。Gorjkij 與謀革命，亡命義大利。一九一三年，政府許其歸附，不應。至俄國革命成，乃歸。

　　Leonid Andrejev（1871 －）家素貧，幼時苦學，恆受寒餓。卒業大學為律師，又不行，乃為新聞法廷記者。一八九八年始作小說，得 Gorjkij 推賞，Merezhkovskij 復投函致詢，疑是 Tchekhov 託名，遂知於世。有《深淵》（「Bezdna」），《霧中》（「V Tumanje」）諸篇，頗似法國純自然派，唯別有神祕之色，感人愈益深切。故若以《深淵》較 Maupassant 之《小 Roque》，則陰森可怖，殆有甚焉。凡

所著作，多屬象徵派，表示人生全體，不限於一隅，如戲劇《人之一生》（*Zhiznj tchelovjeka*），可為代表。短篇中《謾》（「Lozhj」），《默》（「Moltchanije」），《小天使》（「Angelotchek」）等，俱佳。又有《Fivejskij 傳》及《赤笑》等，篇幅稍長。雖並屬悲觀，而對於人生之摯愛，亦甚顯著，同具人道主義之傾向也。

「Zhiznj Vasilija Fivejskogo」述牧師 Fivejskij 之不幸，略如《約百記》。唯約百終以信仰得勝，Fivejskij 則由虔敬而入懷疑，又轉為狂信，終復決絕，以狂易死。信仰破滅，唯有定命為宇宙主宰，蓋與《人之一生》，同其黯淡者也。

《赤笑》（「Krasnyj Smjekh」）作於千九百四年，值日俄戰後。Andrejev 雖未親歷，而憑神思之力，寫戰爭慘狀，能達其極，與 *Sjevastopolskiye* 及《四日》等並稱。Tolstoj 與 Garschin 寫戰時事實與心理，已極深刻，Andrejev 則多用象徵，暗示之力，較明言尤大，故《赤笑》之恐怖，尤足令人震慄。美國 Phelps 言世界非戰之文學中，猛烈更無逾《赤笑》者，殆非過譽。同時有 Aleksandr Kuprin （1870 －）為陸軍中尉，作《決鬥》一書。寫平日軍隊生活，極種種惡德，或以為即揭發戰敗之因，唯作者之旨，實不在此。據所自述，則唯欲實寫軍官社會情狀，而反對軍役之意，亦寓其中。Nazanskij 所說愛之宗教，蓋即 Kuprin 之理想，與 Andrejev 相同者也。

　　《七死囚記》（「Rasskaz o semi povjeschennykh」）卷端題云，呈 Tolstoj 伯。中敘五革命黨人，一劇盜，一殺人者同日就刑，記其犯事始末及獄中心理狀態。Andrejev 自序云，吾著書之旨，在指示死刑之恐怖，與其不法。正直勇敢之人，徒以過懷仁愛，主持正義，致罹荊戮，固已慘矣。然在矇昧小人，以愚犯法，縗首以死，其可哀實為尤甚。故吾於 Musj 等之死，以視 Janson 與 Tsiganok 傷痛之情，猶稍減殺。其言頗與 Dostojevskij 相似。又云，世之大患，在不相知。其著此書，蓋將以文藝之力，撥除界限，表示人間共通內心之生活，俾知物我無間，唯等為人類，而一切憂患，乃可解免。此又與 Bahai 大同之教，同其指歸矣。

　　Sologub 本名 Fjodor Teternikov（1863 －）思想頗近厭世，有《迷藏》（「Prjatki」）等，並言死為安息。唯求生之欲，本於自然，故求其次，以神思與享美為養生之道。次則童駿狂易，亦可遠現世而得安樂。又有《老屋》（「Staryj Dom」）一篇，言 Boris 死於革命，家有大母及其母姊三人，日思念之。至不信往事，仍懷必不可得之希望，喜懼迭現，終日無寧時。及日暮，絕望之悲哀，忽然復起，乃相與號哭於林中。Andrejev 在《赤笑》中，敘家人得戰死者手書一節，事極哀厲，而此則終篇如是，感人之力，至為強烈。作者本

意，或與《迷藏》等相同，唯由一面言之，亦足以示死刑之恐怖，與《七死囚記》，同為人道主義文學中之名作也。

　　俄國文人，尚有 Mikhail Artsybaschev 及 Dmitri Merezhkovskij 等，亦有名，茲不備舉。

十一　波蘭

　　波蘭十九世紀後半文人著名者，Alexander Swietochowski（1847 —）外有 Henryk Sienkiewicz（1846 — 1916），生奧屬波蘭，竭力於革命運動，為光復會長，見忌於奧國，因逃亡美洲。素持斯拉夫主義，主親俄。一九一六年俄政府宣言將許波蘭獨立，Sienkiewicz 力贊其事，未成，以十月卒。初作小品，未為世人所知。九十六年著《何往？》（*Quo Vadis?*），敘羅馬 Nero 王時新舊宗教之衝突，始得名。又有《火與劍》（*Ogniem i Mieczem*）等歷史小說三種，記波蘭累世與異族戰爭事。Phelps 謂古今歷史小說，能得 Homeros 史詩精神者，唯此三部及 Gogolj 之「Taras Bulba」也。然 Brandes 則深服其短篇，而不滿於歷史小說。《波蘭印象記》云，Sienkiewicz 系出高門，天才美富，文情菲惻，而深藏諷刺。所著《炭畫》（「Szkice-weglem」）記一農婦欲救夫於軍役，至自賣其身。文字至是，已屬絕技，蓋寫實小說之神品也。

又「Janko」,《天使》(「Jamiol」)諸篇,亦極佳勝。寫景至美,而感情強烈,甚能動人。晚近模擬 Dumas Pere 作歷史小說,層出不已,因獲盛名,且得厚利。唯余甚惜之,所為不取也。蓋 Brandes 素薄歷史小說,故雖 Sienkiewicz 著作,亦與 Dumas 等視,深致不滿也。

　　Sienkiewicz 作短篇,種類不一,敘事言情,無不佳妙,寫民間疾苦諸篇尤勝。事多慘苦,而文特奇詭,能出以輕妙詼諧之筆,彌足增其悲痛。視 Gogolj 笑中之淚,殆有過之,《炭畫》即其代表矣。Sienkiewicz 旅美洲時著此書,自言起故鄉事實,唯託名羊頭村而已。村雖稱自治,而上下離散,不相扶助,小人遂得因緣為惡。良民又多愚昧,無術自衛,於是悲劇乃成,書中所言,舍 Rzepa 夫婦外,自官吏議員,至於乞丐,殆無一善類。而其為惡,又屬人間之帝,別無誇飾,雖被以詼諧之辭,而令讀者愈覺真實。其技甚神,餘人莫能擬也。「Bartek Zwyciezca」一篇,則言亡國之痛。Bartek 被征為兵,應德法之戰,目睹國人拘繫待盡而不能救,至縱酒自放,戰勝歸鄉,見侮於奧國塾師。及臨選舉,復迫令舉其國仇,以至流離去其鄉土。亦傑作之一也。Sienkiewicz 所作皆寫實,又涵義旨,與俄之理想派同。Eliza Orzeszkowa (1847 -)亦屬此派。本名家女,其夫以國事流西伯利亞,家產沒入官,Orzeszkowa 遂以文字自給。著書

多寫人世窮愁，持社會主義，宣揚甚力。世人稱為波蘭之 George Sand 也。

波蘭純自然派文學，始自 Stanislaw Witkiewicz 以法國為師法。至 Ostoja 與 Niedzwiedzki 而至其極，暴露人間獸性，傾於厭世。唯純客觀文學，尚不足盡人情深隱，故復轉變，為印象派。S.Reymont 作《農夫》（*Chlopi*），即此派名著，見稱於世。Stefan Zeromski 專事描畫土地人民情狀，純為藝術作品，而愛國之思，亦寄其內，固仍有波蘭文學特色也。

Waclaw Sieroszewski 以國事見放，居西伯利亞十五年，研究人類學，造詣甚深。多作小說，言通古斯等民族生活。Adam Szymanski 亦久居西伯利亞，所作多懷鄉之音，Jankowski 比之邊塞流人之哀歌。有「Srul」一篇，為集中之最。

十二　丹麥

丹麥傳奇派文學之興，由 Steffens 等之提倡，深受德國感化。不五十年，亦漸衰落。又值六十六年 Schleswig-Holstein 之戰，喪師失地，遂與德國交惡，外來之影響頓絕。上下皆言愛國，高談政治，不復注意於文藝，故此時著作特甚寥落。至七十年後，Brandes 講學於大學，又多作評論，紹

介西歐思想，於是新派文學始復興起也。

Georg Brandes（1842 —）卒業為哲學博士，又游歐陸多年，從法國 Taine 學，受唯物思想之感化。初作《近世哲學二元論》，說及科學與宗教之關係，為當時舊派所疾。七十二年，為大學近代文學講師。所講凡六篇，以英法德為主，總稱《十九世紀文學之主潮》，論識皆超邁，為後來所重。唯爾時人心尚激楚，由愛國而轉為存古，對於一切新說，無不排斥，及見 Brandes「偶像破壞」（Iconoclasm）之思想，因益不滿，竭力反對。Brandes 遂移居德國以避之。唯所播種子，亦漸萌動，新進文人輩出，勢力日盛。至八十八年，共速其返國。爾後遂為北歐文壇盟主，今尚存。

Brandes 思想，多個人主義傾向，以反抗社會因襲為個人上遂之道。《文學主潮》中論英國及少年德國諸卷，此意皆甚明顯。Nietzsche 著作，初未為世所知，Brandes 作文顯揚之，遂有名。所作評論有波蘭俄國印象記，又 Ibsen 及 Bjornson 等評傳，最勝。批評人物，善能以簡要之語，表其特質。讀者持此為準，自施觀察，即可觸類旁通，有條不紊，此其所以難能而可貴也。

丹麥文人受 Brandes 感化而興起者，為數甚眾，舉其要者有三人。Sophus Schandorph（1836 — 1901）持自然主義，而不流於極端。所著小說，最有名者，為《無中心》（*Uden*

Midtpunkt），敘志行薄弱之少年，與 *Rudin* 相類，Boyesen 稱 Albrecht 為言語家，謂足為丹麥國民代表。蓋其人民久受迫壓，失其活動之力，唯逞言談，以求快意，在六十六年後此風益盛，Albrecht 即其一人也。Jens Peter Jacobsen（1847 － 1884）本植物學者。造文多修飾，如 Flaubert，描寫顏色，以成語陳舊，失其色澤，常自作新語用之。有小說三種，*Marie Grubbe* 特色最著。*Niels Lyhne* 書中主人，即 Albrecht 一流。或謂 Shakespeare 作 *Hamlet*，云是丹麥王子，正得其實，此二人者，蓋即其流亞也。Holger Drachmann（1846 － 1908）亦作小說，尤以詩得名。初傾心於社會主義，播布甚力。後忽中變，趨於和平。九十五年作史詩 *Volund Smed* 一卷，敘冶工 Volund 為王所刑，及後報仇而死事。詩中含蓄義旨，多革命之音。Drachmann 思想蓋復轉化，此詩則又反抗之宣言矣。

十三　瑞典

瑞典近代文人最偉者，有 August Strindberg（1849 － 1912）。生平於學無所不窺，舉凡天文礦物植物化學經濟歷史倫理哲學美學，皆有著作。文學一類，有戲曲五十六種，小說三十種。其精力蓋非常人所及。嘗為 Stockholm 圖書館

員，有中國文書未曾編目，乃習漢文訂定之。又研究十八世紀中瑞典與中國之交際，作文發表，得地學會之賞。其博學多能，蓋自 Goethe 而外，世間文人莫與比類也。

Strindberg 初懷唯物思想，所作多屬自然派。最初作歷史劇 *Master Olof* 言新舊信仰之爭。Olaus 聽 Gerdt 之激厲，宣傳基督真理，舉世以為外道。唯 Gustav Vasa 乃能操縱之，收為己用。此劇含義甚深，唯不為劇場所取，因益失望憤世。七十九年作《赤屋》(*Roda Rummet*)，仿 Dickens 體寫社會惡濁，而更精善，始有名。及短篇集《結婚》(*Giftas*) 出，世論復譁然。其書言結婚生活，述理想與事實之衝突，語至真實，不流於玩世。而反對者乃假宗教問題，羅織成獄。後卒無罪。又作有自敘體小說九部，最有名者，為《婢之子》(*Tjanstekvinnans Son*)，敘少年時事。《痴人之懺悔》(*Die Beichte eines Thoren*) 為本國所禁，故以德文刊行。九十四年，思想轉變，由懷疑而至絕望，乃發狂。及愈，受 Swedenborg 之感化，轉入神祕主義。其著作多為象徵派，與法之 Huysmans 相同。《地獄》(*Inferno*) 一書，即記當時情狀，亦自敘小說中名作也。

Strindberg 著作中戲劇尤為世間所知，與 Ibsen 並稱，如 *Froken Julie*，《父》(*Fadren*)，《伴侶》(*Kamraterna*) 皆是。其藝術以求誠為歸，故所有自白，皆抒寫本心，絕無

諱飾，彷彿 Tolstoj。對於世間，揭發隱伏，亦無拘忌。又以本身經歷，於愛戀之事，深感幻滅之悲哀，故非議女子亦最力，遂得 Misogyniste 之稱。然其本柢，在於求誠，則一也。*Julie* 劇自序中有云，人皆責吾劇為太悲，意似謂世間有歡愉之悲劇也者。世人喜言「人生之悅樂」，劇場所需者，亦唯詼諧俗曲。一若人生悅樂，即在愚蠢中間，劇中人物，皆患痙攣或悉白痴也，吾則以為人生悅樂，乃在人生酷烈戰鬥之中。吾能於此中尋求而有所得，斯吾之悅樂也。即此一語，足為 Strindberg 藝術之正解，即其行事思想，亦可因是得解，無餘蘊矣。《父》與《伴侶》二劇，皆 Strindberg 非難女子最烈之作，與 Ibsen《傀儡之家》等劇對抗。Ibsen 力說女子解放，Strindberg 則以為兩性之爭，有勝負而無協和。*Fadren* 中之大尉，為 Laura 所陷，終以狂死，與 Axel Alberg 之能自省悟，絕 Bertha 而去者，成敗不同，而理無二致。Strindberg 以子為小兒與成人之介系，不能與男子齊等，所寫亦有偏重，或病其不自然。唯所言女性惡德，自有至理，故 Brandes 盛稱之，謂《父》為具有永久性之傑作也。*Froken Julie* 所言亦涉兩性之爭，而注重尤在階級問題，多含社會意義。同時英國 Francis Galton 作 *Inquiries into Human Faculty*，論及畜養動物之生殖衰退，有云，退化之種，其生欲偶發，常向下級族類。Julie 之悅 Jens，亦正此例。此劇所

言，蓋悉據學理，故又別有足重也。

瑞典文人，此外有 Gustaf Geijerstam（1856 — 1909）及 Ola Hannson（1860 —）皆有名。Selma Lagerlof（1858 —）本女教師，作 *Gosta Berling*，合寫實筆法與傳奇思想而融化之，成新傳奇派傑作，為世所稱，受 Nobel 賞金也。

十四 挪威

Henrik Ibsen（1828 — 1906）與 Bjornson 並稱挪威近世文學大家。Bjornson 為國民詩人，而 Ibsen 作劇窮究人生社會諸問題，為歐洲近代劇之首創者，又本個人主義，力說「精神之反抗」，影響於世界，尤極重大。所作戲曲可分三期。初屬傳奇派，多取古事為材。一八六二年作《戀之喜劇》（*Kjaerlighedens Komedie*），轉為諷刺。又有 *Brand* 及 *Peer Gynt* 二曲，亦有名。唯皆用韻語，故歸於第一期中。六十九年散文劇《青年集會》（*De Unges-forbund*）出，是為第二期，所作皆極重要。至八十四年作《野鴨》（*Vildanden*），漸有象徵派傾向，晚年益顯著。蓋其思想亦隨時代而轉移，與當世文人一致也。

Ibsen 憤時疾俗，對於政教禮法之偽惡，尤致不滿，故其思想頗傾於悲觀，唯與厭世者又異。凡厭世者必深信人生

之空虛，以幸福為不可得，以戀愛為幻。Ibsen 悉不然，肯定人生，以自由幸福為人世之的，其不可遽得者乃由或者為障，即虛偽強暴之社會是也。Ibsen 持真實自由二義為人生準則，用以照察世間，適得其反，故生憎惡而希破壞。Brandes 謂其悲觀，由於義憤而非因絕望，正得其實。所作戲劇，則即以宣此義憤者也。

Ibsen 作劇，最有名者，為《傀儡之家》（*Et Dukkehjem*），《遊魂》（*Gengangere*），《人民之敵》（*En Folkefende*），《野鴨》及《海之女》（*Fruen fra Havet*）等五篇。其作意多相聯屬，遞相說明。《傀儡之家》者，言女子自覺之事。Nora Helmer 初以傀儡自安，及經憂患，乃始覺悟，自知亦為人類之一，對於一己自有義務，於是決絕而去。《遊魂》劇中之 Alving 夫人，所處境地，不異 Nora，唯留而不去，而其究極，亦以悲劇終。Alving 夫人所以不去傀儡之家者，實因其子，而 Oswald 以遺傳之疾，摔髮狂易。夙約之 Morphine 或予或否，兩無所可。末場慘淡之景，感人甚深且烈。Gosse 謂自希臘悲劇而外，更無他著，足與比儔也。

《遊魂》出後，一時論難紛起，Ibsen 乃作《人民之敵》以報之。Thomas Stockmann 為醫官，察知浴場水道之不潔，宣言其隱，為社會所忌，終得民敵之名，為眾共棄，蓋用以自況。當時致 Brandes 書云，Bjornson 以多數為是，吾則不

然，唯少數乃是耳。此語足為全劇作解釋，其所持個人主義之精意，亦於此見之。Bernard Shaw 著 *Ibsenism* 中有云，天下「唯獨立者至強」。然為一己而獨立者，又實為至愚。征之歷史以及當世人生，蓋唯私斯眾而公則獨。利他之名，亦不能立，以更無所謂他也。Stockmann 為真理公益故，不惜與私利之群眾相抗，精神乃極近 Tolstoj，斯即個人主義之極致矣。

《野鴨》與《海之女》，皆第三期作，多涉象徵，唯主旨仍與前作相系屬。《野鴨》之悲劇，由於不時之幻滅。Werle 輕信理想，與 Helmer 正相反，而過猶不及，其害唯均。《海之女》所言，與《傀儡之家》相類。唯 Dr. Wangel 許 Ellida 以自由，而女遂不復去。Nora 所謂奇蹟者，蓋於此實現，女子問題，亦得解決。即不復為自己犧牲，亦不偏主自己肯定。超越二者之上，造成形神一致之道德，亦即 *Kejser og Galilaeer* 劇中，Maximos 所謂第三王國是矣。

Bjornstjerne Bjornson（1832 － 1910）以詩名世，尤致力於國事，於政治道德問題，多所主張。Brandes 論之曰，「Ibsen 猶古之士師，Bjornson 則預言者，告人以未來之幸福。Ibzen 愛其理想，恆以是與現世相抗，Bjornson 則愛人類者也。」Bjornson 持大同主義，而以愛祖國為發端。早年作小說，多寫農民生活，通稱山林小說，與 George Sand 及 Auer-

bach 著作相對。有「Arne」,《幸福之兒》(「En gladgut」),
《漁女》(「Fiskerjenten」) 皆勝。其後所作,多涉社會問題。
如《市港之旗》(*Det Flager i Byen og pa Havnen*) 言 Kurt 家
惡德之遺傳,申明個人對社會之責任。《神之路》(*Pa Guds
Veje*) 則言 Ragni Kule 為社會所誤,因襲之道德又從而難之,
以至滅亡。唯正義終勝,迷執之信仰,為愛力所化,Tuft 與
Kallem,復得和解。卷末引成語云,善人所行,即為神路,
即此篇義旨之所在也。

　　Bjornson 又多作戲劇,有喜劇《新婚》(*De Nygifte*),
《破產》(*En Fallit*),悲劇 *Leonarda*,《手套》(*En Hanske*)
等皆有名。*Leonarda* 與《手套》,皆言兩性道德之不平等。
Leonarda 以疑似之事,為世所棄。在 Alf 和 Christensen,則
宴然不以為異,故 Bjornson 假 Svava 以揭發之,正如 Ibsen
之 Nora 也。又有《王》(*Kongen*) 一篇,非難帝制,純然民
主思想。帝王之尊,延為迷信,終至視若異類,欲求自伍於
齊民而不可得,為為君者計,其害尤大。此 Bjornson 之微
意,又較尋常無君論者,更有進矣。

　　挪威文人,此外有 Alexander Kielland (1849 － 1906)
與 Jonas Lie (1838 － 1908),而 Lie 尤有名。其母系出芬
蘭,Lie 受其化,故神思特幽美。所作多言海景,以海之詩
人稱。小說《引港人與其妻》(*Lodsen og hans hustru*) 即此類

傑作，對於家庭問題又別含意義，故為世所重。千八百八十年後，作《人生之囚》（*Livsslaven*），《結婚》（*Et Samliv*）等，轉入自然派。九十二年，著《山靈》（*Trold*）二卷，多采民間神異傳說而改作之，說者謂即其芬族性質之復現。與早年所作自敘體小說《夢想家》（*Den fremsynte*），正相聯屬也。

十五　余論

十九世紀後半，歐洲有新興文學二。一曰比利時，一曰愛爾蘭。二國以英法語為文，唯精神故自獨立。比利時用法語而實下日耳曼人，愛爾蘭用英語而實 Celt 人，故其文學亦與英法有別。比利時文學之興，未及四十年而文人輩出。如 Émile Verhaeren（1855 — 1916）之詩，Maurice Maeterlinck（1872 —）之劇，Camille Lemonnier（1844 — 1913）及 Georges Eekhoud（1854 —）之小說，皆有名。愛爾蘭本有國語文學，唯以言語隔絕，不甚為世所知。Standish James O'Grady 與 Douglas Hyde 先後用英語著書紹介。至八十八年愛爾蘭文學會成立，為新文學發生之始。詩劇則有 William Butler Yeats（1866 —）及 John Millington Synge（1871 — 1909）為之代表。George Moore 作小說，為英語文學中唯一之自然派。Thomas MacDonagh 及 Joseph Plunkett，亦少年詩

人之秀，與 Padraic Pearse 同死於一九一六年四月之難。至英國文人，系出愛爾蘭者，尤不勝數。近代之 Bernard Shaw 與 Oscar Wilde 皆然。世以其思想精神，較為溥博，故多以文字為主，歸之英國文學中也。

上來所說為十九世紀後半歐洲文學大概。他如荷蘭蒲陶牙新希臘匈加利芬蘭及東歐諸邦，亦各自有其文學，唯勢力僅及國內，於歐洲思想潮流，別無重大影響，故悉從略。

電子書購買

爽讀 APP

國家圖書館出版品預行編目資料

周作人的歐洲文學史：從古典到現代，歐洲
文學的演進與思潮 / 周作人 著 . -- 第一版 . --
臺北市：複刻文化事業有限公司 , 2023.11
面；　公分
POD 版
ISBN 978-626-97907-6-0(平裝)
1.CST: 文學史 2.CST: 歐洲
870.9　　112017497

周作人的歐洲文學史：從古典到現代，歐洲文學的演進與思潮

臉書

作　　　者：周作人
發　行　人：黃振庭
出　版　者：複刻文化事業有限公司
發　行　者：複刻文化事業有限公司
E - m a i l：sonbookservice@gmail.com
粉　絲　頁：https://www.facebook.com/sonbookss/
網　　　址：https://sonbook.net/
地　　　址：台北市中正區重慶南路一段六十一號八樓 815 室
Rm. 815, 8F., No.61, Sec. 1, Chongqing S. Rd., Zhongzheng Dist., Taipei City
100, Taiwan
電　　　話：(02) 2370-3310　　　傳　　　真：(02) 2388-1990
印　　　刷：京峯數位服務有限公司
律師顧問：廣華律師事務所 張珮琦律師

─ 版權聲明 ─────────────────────────────

定　　　價：250 元
發行日期：2023 年 11 月第一版
◎本書以 POD 印製
Design Assets from Freepik.com